NICKEL CHROME

DU MÊME AUTEUR

Conduite à gauche, Ramsay, 1984 ; Le Livre de Poche n° 4366.
L'Enfant à l'oreille cassée, Ramsay, 1986 ; J'ai Lu n° 2753.
Le Désespoir des singes, Flammarion, 1989 ; J'ai Lu n° 2788.
Le Jeu de la rue du Loup, Flammarion, 1992.
Matei Negreanu en collaboration avec Dominique Narran et Helmut Ricke, Vers les arts, 1993.
Les Amnésiques, Flammarion, 1995.
Le Journaliste, le hasard et la guenon, Seuil, 1996.
Une image irréprochable, Ramsay, 1998.
Riches, cruels et fardés, Série noire, Gallimard, 2002 ; Folio policier n° 511.
Requins et coquins, Série noire, Gallimard, 2003.
Pique-nique à marée basse, Ramsay, 2007, n° 24.
Mort d'une drag-queen, Babel noir n° 12, 2007, Actes Sud.
Cocu de sac, Suite noire, 2008.
Nickel chrome, Actes Sud, 2009.
Les ours s'embrassent pour mourir, Actes Sud, 2010.

Edition préparée sous la direction
de Nelly Bernard

ISBN 978-2-7427-9457-7

HERVÉ CLAUDE

NICKEL CHROME

roman

BABEL NOIR

Poussé par le vent vigoureux, l'orage
s'abat sur la citadelle,
L'averse apaisée, personne ne sait plus
où est le dragon.

LUI JI (XVe siècle)

PROLOGUE

C'était un de ces matins, sans vent mais avec des vagues hautes et lentes qui venaient s'écraser sur la grève en pente. L'air était ouaté, il y avait une brume têtue. En face de Perth, rien n'arrête l'océan Indien depuis les côtes d'Afrique. Les vagues de Cottesloe, l'une de ses banlieues chic, sont toujours fortes, même par temps calme.

Les contours de la digue, des rochers, des pelouses au-dessus de la plage et la silhouette de l'*Indiana*, s'estompaient. Les baigneurs voyaient tout sans en mesurer l'éloignement. Ils n'auraient même pas su dire à quelle distance se trouvait le fameux pylône de Cottesloe, un mât sur un rocher, devenu une icône australienne. Et ceux qui prenaient leur breakfast à l'*Indiana* observaient le groupe de baigneurs dans une lumière floue. C'est pourquoi, après, après tout ce qui s'est passé ce matin-là, personne n'était sûr de son témoignage.

Il était à peu près six heures. Une quinzaine de nageurs effectuaient leur séance quotidienne dans les eaux tièdes de l'océan, ce matin de décembre. Le début de l'été donc, car Perth est de l'autre côté du monde.

Ils étaient ensemble, plongeant sous les rouleaux, sous les regards des clients de l'*Indiana*. L'*Indiana* chic n'est pas habitué à de tels chocs. L'*Indiana* est feutré, britannique et colonial avec des arabesques et des plantes grasses qui dévorent sa façade.

Larry, l'un des baigneurs, avait encore pied. Il avait déjà plongé sous l'eau pour ne pas être assommé par un rouleau venant lentement du bout du monde. Il nageait déjà dans la mer huileuse mais pas loin, tous l'ont affirmé. Et Larry a disparu. Il venait de plonger avec souplesse malgré sa cinquantaine et il a été aspiré. Et puis tout de suite l'eau rouge.

Ce n'était pas arrivé depuis trente ans dans ce coin d'Australie mais personne n'a eu la moindre hésitation. La tache rouge s'élargissait de plus en plus, se mélangeant à l'écume écarlate. Il y a eu des cris. Deux hommes du groupe ont foncé tout de suite vers les traces déjà éparpillées du sang de leur copain, leur *mate*, comme ils disent. A ce moment-là, le corps a refait surface. Ou plutôt la moitié du corps. Car, si le torse était intact, une partie entière des jambes manquait. C'est dans cet état qu'ils l'ont ramené sur la plage. C'est dans cet état qu'il est mort en salissant atrocement le sable de Cottesloe. Son sang coulait encore, mélangé à l'eau salée.

C'était au début de l'été. Un mauvais présage pour Perth, l'oasis oubliée, cette cité australienne où la vie est plus agréable que partout ailleurs dans le monde.

Quelques jours plus tard Ashe a rencontré Clive et retrouvé Ange dans les vestiaires publics de

Swanbourne, la plage voisine. Là aussi, comme partout, on en discutait encore. Et pourtant les conversations y sont rares. Ce n'était pas arrivé depuis plus de trente ans, une attaque pareille sur une plage de la banlieue de Perth.

L'attaque mortelle d'un grand requin blanc.

En tentant de retrouver les prémices des événements qui ont secoué la ville pendant quelques mois, comme une fièvre tenace, les habitants de Perth pensent au requin, ils y voient un signe prémonitoire. On peut se moquer d'eux, ils ont bien raison. Le requin annonçait bien les convulsions irrationnelles de toute la ville.

PREMIÈRE PARTIE

I

LES À-CÔTÉS DU *SWANNY REEF CAFÉ*

Ma rencontre avec Clive, je m'en souviens bien et pas seulement à cause du requin. Elle était inattendue, très australienne – une histoire de bagarre évidemment – et surtout drôle. En tout cas, elle nous a fait rire tous les deux.

Les vestiaires – qui d'ailleurs ont été condamnés peu de temps après mais pour d'autres raisons – sont situés après le bâtiment neuf des *lifesavers*, ces fameux sauveteurs des plages. Juste après le *Swanny Reef Café* qui était devenu mon coin de paradis depuis des mois que je vivais en errant et presque en ermite.

Dans les vestiaires – ici on appelle cela des *change rooms* –, au bout de cette plage nudiste, il y a des heures familiales où les douches se prennent avec le regard dans le vide. Il y a des heures désertes où presque rien ne se passe. Et puis il y a les heures pleines. Pleines de vie, pleines de sensualité, pleines de corps frôlés sous l'eau jaillissante et froide, pleines de regards. Les *change rooms* sont une institution sur les plages australiennes mais ceux de Swanbourne sont un des lieux de référence des gays de la ville. Ils sont à ciel ouvert et quand le temps est beau le soleil scintille dans les éclaboussures des jets de la douche. Juste quatre murs de pudeur pour cacher des hommes entre eux.

J'allais souvent au *Swanny Reef Café* qui les jouxte, pas très souvent aux vestiaires. Je ne me défends de rien, je suis comme tout le monde, toujours prêt à saisir les opportunités. Mais Perth m'en offrait d'autres, depuis tous ces mois que j'avais choisi d'y vivre.

Dans les *change rooms*, l'ambiance est parfois étrange et bizarre et j'aimais bien savoir que ça existait juste à côté du café. Juste le savoir et savourer infiniment les moments de temps suspendu sur la terrasse, assis sur une chaise en plastique, collé aux voitures du parking, perdu au bout de cette voie sans issue, avec vue sur l'océan. Un Coca ou un jus de pomme cassis, une paille, le *West Australian* dont je parcourais les titres. J'étais en vacances de tout, sur un rivage où je m'étais échoué après avoir fait fortune d'une manière quasi inavouable. Juste le jus de fruits, la paille et l'abri du café tout au bout du bitume. Le bout du monde, le bout de la vie. Pas la fin du monde, Dieu merci, mais on ne peut pas aller beaucoup plus loin de ce côté-là. Parfois je parlais avec quelqu'un, parfois non. J'avais l'impression de vivre d'une manière brute et aiguë, sans contingences, sans obligations. Mon corps, mon esprit, un équilibre. Avec beaucoup de soleil.

J'allais tout de même dans les *change rooms* pour pisser ou me rhabiller après la plage. Et je matais moi aussi. Les corps exhibés, leurs attitudes provocantes, des heures parfois à se passer des crèmes pour rester un peu plus longtemps à poil devant les autres. Ce jour-là, même dans cet endroit où peu de paroles s'échangent, ils parlaient encore du requin. Il y avait une dizaine de gars, âges mélangés, la plupart silencieux d'ailleurs et puis deux, trois parmi les plus vieux, cette discussion, cet effroi qui ne les empêchait pas de plonger toute la journée dans les rouleaux de l'océan.

Il y avait aussi un blond costaud, plus jeune que moi c'est-à-dire dans la première moitié de la vie, vers les trente-cinq. Il paradait depuis un moment, tantôt presque nu, tantôt non. L'art d'enlever le débardeur délavé pour mettre en valeur les muscles des épaules. Pas un sourire, la peau bronzée, les cheveux ras. Une caricature, épatant.

Il y avait dans son attitude une arrogance exaspérante. Son va-et-vient entre les lavabos et les pissotières d'où on ne voyait plus que son dos et les fesses moulées dans son short en Lycra noir et sa peau dorée. Entre le robinet pour se laver les pieds et le banc où il s'asseyait sans nous voir. Risible. Faire cesser l'exaspération, le ridiculiser, je n'étais pas le seul à en avoir envie.

Tous le regardaient mais certains plus que d'autres. Surtout un autre type, la quarantaine, à peine, déjà rhabillé, plutôt discret, hormis le fait qu'il était noir ce qui est plutôt rare en Australie, surtout à Perth. Il s'est approché pendant que l'autre continuait à provoquer et à enlever son short en se dissimulant soigneusement sous une serviette trop petite. Il allait se passer quelque chose, la tension montait d'un cran. Les autres avaient cessé de s'essuyer, de tartiner leurs peaux brûlées. Le type à la peau noire s'est approché tout près, très près et d'un geste vif il a arraché la serviette, laissant apparaître aux yeux de tous des avantages sinon petits du moins peu en proportion avec la stature d'Apollon que le gars voulait se donner. Sa réplique a été immédiate, brutale. De toutes ses forces il a balancé son poing dans la figure du Black.

Inexcusable. Je ne me suis pas contenté de grogner ou de crier comme les autres qui assistaient à la scène, j'ai foncé par-dessus le banc de pierre qui sépare l'espace en deux. Le Noir, à peine remis sur pied après la violence de l'attaque, a compris où je voulais en venir. Nous avons saisi le musclé dont les muscles ne valaient pas grand-chose. A deux nous sommes vite parvenus à le mettre hors d'état de balancer d'autres gifles, d'autres coups de pied. Sans un mot nous nous sommes compris. Puisqu'il était si fier de son corps, nous l'avons délesté de son tee-shirt, le seul vêtement qui lui restait encore à part ses Nike aux pieds. Pendant que je le maintenais, Clive – c'était lui qui avait reçu la baffe – a ramassé le sac à dos, le short abandonné et le tee-shirt à moitié déchiré. Il a tout balancé par-dessus le mur, juste devant la terrasse du *Swanny Reef Café*. Le mec a commencé à hurler. Je lui ai crié qu'il nous cassait les oreilles et dans le même mouvement, le portant plus que le tirant – il n'était pas si lourd, ses pectoraux n'étaient que de la gonflette –, nous l'avons balancé hors des *change rooms*, complètement dévêtu, vers ses affaires éparpillées sous les yeux d'une quinzaine de consommateurs que nos cris avaient déjà alertés. Tout le monde s'est mis à rire, sauf l'homme nu soudain moins prétentieux, qui ramassait ce qu'il pouvait, comme il pouvait.

Un rire sain, délicieux, gorgé d'eau dégoulinante pour ceux qui venaient de se doucher. Une jouissance au goût de Coca-Cola pour d'autres, ceux du bistrot. Un fou rire insistant. Une vraie complicité venait de naître avec Clive à l'abri des murs des vestiaires où nous nous étions repliés.

Une complicité que j'aurais vite oubliée si je n'avais revu le garçon quelques jours plus tard dans des circonstances surprenantes. A ce moment-là, je n'ai noté que son sourire entendu – en réalité, il m'avait déjà repéré depuis plusieurs semaines –, sa boucle d'oreille et son crâne sombre complètement rasé. Cela lui donnait un look de basketteur américain, le gabarit en moins, le sex-appeal en plus. Je n'ai remarqué que cela parce que nous avons tout de suite été interrompus par l'arrivée d'Ange. Au fond de moi pourtant je savais que la tête de Clive me disait quelque chose.

Ange est entré dans les *change rooms* et il avait beau être en civil, on pouvait facilement deviner qu'il arrivait pour mettre de l'ordre. Trop tard. Ange est flic, enfin plus que cela, il est officier et il a une fonction importante dans la police de Perth. Je n'y connais rien en grades mais il est l'un des chefs. Il m'a tout de suite aperçu.

— Qu'est-ce qui s'est passé ?

— Oh ! Pas grand-chose, une petite bagarre. Ta venue, c'est un hasard ?

— Un hasard si on veut. Un hasard heureux puisque je te vois…

Son sourire. Ange avait baissé la voix. Me rencontrer l'arrangeait bien, cela lui évitait de donner des explications sur sa présence, même si certains dans les vestiaires l'avaient reconnu. Ange est très populaire dans le milieu gay de Perth. Il a été chargé, pendant des années, des relations entre la police et la communauté. Une fois sortis des vestiaires, je lui ai résumé brièvement le problème. Clive était déjà parti vers la plage et les dunes, sa serviette sur l'épaule. Il ne restait plus trace de l'incident devant le café où les consommateurs continuaient à consommer comme si rien ne s'était passé. Ange m'a demandé :

— Tu entends ?

— Quoi ?

— Le bruit.

Une moto démarrait rageusement, hors de notre vue, sur le parking en haut des dunes.

— C'est un motard. Et alors ?

— C'était bien un type blond, assez musclé ?

— Si on veut mais c'était de la gonflette. Très prétentieux.

— Oui, je crois bien que c'est lui qui est parti à moto.

— Et alors… ?

— Alors rien. Il faut que j'y aille.

— Oh ! Merde, moi qui étais si content…

Si content de le voir, mais je ne l'ai pas dit. Si content de retrouver mon ami Ange. Un peu plus qu'un ami parfois, mais trop rarement. Ange Cattrioni, un des hommes-clés de cette ville en apparence si paisible, où la violence et la cruauté peuvent resurgir à chaque instant. Comme partout ailleurs en fait mais cela les habitants de Perth ne le savent pas, ils se croient protégés, ils ont bien tort. Ils allaient en faire l'amère expérience très vite. Ange avait l'air vraiment pressé. Je l'ai laissé repartir en lui arrachant la promesse de boire un pot le soir même. Il m'a dit qu'il était débordé. Je l'ai trouvé plus nerveux que d'habitude. J'ai repris ma lecture du *West Australian* à l'abri d'un parasol à la terrasse du *Swanny Reef Café*. Et j'ai tout oublié : Clive, la peau noire de son corps ébouriffant, les mecs à poil, la bagarre dans les vestiaires. Sauf le sourire d'Ange sur son visage bronzé.

II

MON COPAIN ANGE

Il m'a fallu l'après-midi entier pour me décider à venir au rendez-vous. Mon esprit a tourbillonné pendant des heures et, au lieu de me balader ou de lire un livre tranquillement sur une terrasse, je suis resté chez moi à tergiverser. Cela faisait des mois que je n'étais pas venu au *Court Hotel.* Normalement j'aurais dû traîner et arriver en retard pour risquer de le rater. Moyennant quoi j'étais en avance, une casquette rouge foncé sur la tête, seul, n'osant pas allumer un cigarillo de peur de me faire engueuler, embarrassé par ma grande carcasse et attendant Ange comme un imbécile.

Le *Court Hotel* est un endroit bruyant et ouvert, ce n'est pas un hôtel malgré ce nom rusé. C'est le seul bar gay de Perth. En tout cas le seul à mériter ce nom. En semaine l'endroit est assez calme avec toujours cette caractéristique unique : les mecs et les lesbiennes sont presque à égalité. Et dans chaque catégorie, c'est assez mélangé, ce qui ajoute au charme de l'endroit qui se trouve sur Beaufort Street, en bordure du centre-ville, complètement désert la nuit. Quand on se gare près du *Court*, derrière le musée, cela ferait même un peu coupe-gorge, surtout quand on voit des silhouettes *jeans, cuir et chaînes* se faufiler près de l'entrée du bar. A l'intérieur, c'est chaleureux et amical à cause des mélanges justement. Filles et garçons, jeunes et vieux, costards ou bermudas, piercings ou brushings. On peut parler à n'importe qui, même aux filles, ce qui est franchement rare dans ces milieux de drague, d'apparence et de séduction. Et on peut aussi boire une très bonne bière.

Je n'y étais pas revenu depuis une éternité. Je ne parlais à personne depuis une bonne demi-heure que j'attendais Ange, trop énervé pour engager une conversation. Je me disais que j'avais l'air ridicule avec ma casquette d'un club de golf, sang de bœuf, sur la tête et mon jean trop large. J'étais en train de ressembler à un vieux pédé coincé et je n'avais pas du tout envie qu'Ange pense cela de moi.

Et puis cette musique techno, ces vieux rythmes, ces voix de chanteuses démodées, recyclées par un DJ stroboscopique qui en faisait des tonnes derrière ses platines. Un truc de gays, les mecs adorent les chanteuses mortes ou en train de mourir ou de faire semblant. Cela commençait à me titiller. Quelqu'un m'a tapé sur l'épaule :

— T'as vraiment l'air d'un vieux pédé ringard avec cette casquette sur la tête.

Gagné. C'était lui, plus jovial que jamais, même si je lui ai trouvé les traits tirés. Ange est un mec qui bosse sans arrêt mais qui trouve toujours le temps de sortir le soir pour se détendre. Je le trouvais gonflé de se moquer de moi parce que, lui aussi, il détonnait au *Court Hotel*. Mon copain flic ressemble à un ténor calabrais ou à un gondolier de Venise. Il s'appelle en réalité Angelo. Il est italien d'origine et il ne peut le renier, le *police officer* Cattrioni. Il en a le charme, le poil dur, la tchatche et la séduction.

— Mettons-nous un peu à l'écart, c'est vraiment trop bruyant, viens du côté des billards.

Ce qui fut dit fut fait avec les bières en sus. On s'est installés sur deux hauts tabourets, dans un coin, un œil sur l'enfilade des salles et l'autre sur l'écran géant qui diffusait un match de cricket au-dessus des tables. Des mecs, avec une longue queue, s'y escrimaient sur des petites boules de couleur. J'ai attaqué bille en tête :

— Alors qu'est-ce que tu foutais ce matin ? C'est le connard qui t'intriguait ? C'est lui que tu suivais ?

— Plus ou moins. J'étais là par hasard.

— Hum… Hum… Ce n'est pas sa bite qui t'intéressait. Elle avait l'air ridicule dans son corps tout bouffi aux hormones.

— Ce n'est pas la taille de sa bite qui est navrante, c'est celle de son cerveau. Tout est en proportion. C'est un biker. Tu sais ce que c'est ?

— Ben oui.

— Mais tu sais ce qu'ils font vraiment ? Celui-là, je crois l'avoir déjà repéré.

Ange m'a expliqué que cette affaire de bikers – un genre particulier de motards – les préoccupait en ce moment. J'en avais vaguement entendu parler, par les journaux notamment, mais je ne m'y étais jamais intéressé de près.

— De vraies mafias. On les a à l'œil, d'autant qu'ils se sont regroupés de ce côté-ci de l'Australie. Ils étaient trop voyants sur la côte est. Là-bas, ils ne pouvaient plus continuer leurs petits trafics en douce. Enfin quand je dis petits, il faut relativiser. C'est un énorme business. Drogue, prostitution, racket. Ils contrôlent beaucoup et menacent autant.

— Et toi dans tout cela ?

— J'essaie de savoir. J'en ai repéré un ou deux mais je ne sais pas si c'est bien celui de ce matin. Ça pourrait. Je crois que celui que je cherche est très dangereux. Il lui ressemble en tout cas. Il a des tatouages sur les bras. Il en avait ce matin ?

— Non, je ne crois pas. Enfin... pas sûr. Ils en ont tous non ?

— Je te croyais plus observateur. Tu perds la main. Tu écris trop de poésie. Voilà à quoi mène la paresse.

— Parce que pour toi paresse et poésie sont synonymes ?

Et ainsi de suite. Mais je n'ai pas pu m'empêcher de rougir. Je n'aurais jamais dû lui parler de mes prétentions à écrire. Mais je ne lui en ai pas voulu. Quelques années auparavant il avait trouvé une solution pour mon jeune ami David qui était dans le pétrin. Il l'avait laissé filer outre-mer, avant qu'on l'arrête. C'est d'ailleurs juste après que je me suis décidé à m'installer à Perth pour y vivre de mes rentes et de l'air du temps. Moi, de mon côté, je l'avais aidé pour une affaire dans le milieu des drag-queens. Les relations très fraternelles que nous avons eues à ces moments-là ne se sont jamais effacées complètement. Depuis cet acte de générosité à ses risques et périls – pour sa carrière en tout cas – je lui gardais toujours une place au fond de mon cœur. A cause de sa silhouette trapue et sensuelle bien sûr, mais plus sûrement à cause de ses qualités humaines, de cette cordialité sans contrepartie et du don total de son amitié quand il vous fait confiance. Comme le monde est petit dans la famille riquiqui, comme dit un de mes copains gay, je finis toujours par tomber sur lui. Encore le cas aujourd'hui.

On a parlé. On a bu d'autres bières. Il m'a raconté plein de choses sur les bikers.

— D'ailleurs, tu n'as qu'à aller à Rockingham dimanche prochain. Cela te donnera une idée de qui ils sont.

Dans la salle de billard où nous étions restés, la télé continuait à diffuser en continu et en différé le match de cricket de l'après-midi.

— Tu aimes ? m'a-t-il questionné. Il avait remarqué que j'avais l'air de suivre la partie et d'y comprendre quelque chose, ce qui est assez rare chez les Français, comme s'ils faisaient une allergie à ce sport.

— Je commence. Et toi ?

— Moi un peu plus que cela. Il y a une élégance, un mouvement, des couleurs. Et c'est un jeu intelligent.

— Je l'ai saisi récemment.

On s'est donc laissé gagner par l'agitation hypnotique et ralentie des joueurs sur l'écran. Tout à coup, je lui ai demandé :

— Et la mort de Jim Carlson, tu en penses quoi ?

— J'en sais rien, rien du tout. Mais tu as vu, tous les journaux font leur une dessus.

Difficile d'y échapper, l'Australie était en pleine préparation de la Coupe du monde. Le pays allait défendre son titre dans quelques mois face à l'Angleterre et à toutes les anciennes colonies de l'Empire. Alors quand Jim Carlson, blond, beau gosse, blanc, hétéro, sain d'apparence, star nationale, s'était effondré quelques jours auparavant au cours d'un match de préparation, tout le pays avait été frappé de stupeur. La mort d'une idole, jeune de surcroît, est toujours un choc. La perte d'une icône de la culture australienne devenait une tragédie.

Ange était déjà passé à autre chose. Il avait salué quelques types qu'il connaissait, m'avait entraîné dans tous les coins du *Court*, il avait vraiment l'air de fureter discrètement. Et puis tout à coup :

— Je me tire, j'en ai marre de cette musique hystérique.

J'ai cru qu'il me laissait en plan, mais non.

— On ne va pas se trémousser toute la soirée, viens avec moi au *565*.

— Le sauna ?

— Bien sûr, idiot, ne me dis pas que tu n'y vas jamais !

J'ai dû rougir. Heureusement cela ne se voyait pas dans les lumières répétitives et hystériques de la piste de danse. Drôle de proposition. Qui ne me gênait pas et m'excitait assez, au fond.

Nous sommes sortis et, dans ma voiture, nous avons remonté Beaufort Street qui va tout droit vers le nord jusqu'à Mont Lawley. A onze heures du soir le coin du *565* était tout aussi désert.

Evidemment, rien ne s'est passé comme je l'avais prévu. Je nous voyais faire un hammam, côte à côte, en nous frottant le dos, puis bouillonner ensemble dans la grande bassine à remous en se chatouillant. Enfin terminer dans une cabine car il finissait par m'exciter, le bougre, et ce ne serait pas la première fois que nous nous serions retrouvés dans les bras l'un de l'autre. Mais à peine déshabillé il a disparu dans les labyrinthes, côté *slings* et pneus de camions et je ne l'ai pratiquement pas revu.

Je me suis retrouvé comme un con dans la grande salle de l'entrée, derrière les colonnes, face à l'écran géant qui diffusait, là encore, la chaîne 9, c'est-à-dire le match de cricket. Et finalement la moitié des clients étaient avachis à cet endroit, dans les canapés et dans la pénombre avec juste une serviette humide autour des reins. Et une fois de plus je me demandais ce que je faisais là. Sans doute un manque d'habitude. Je n'étais pas revenu au *565* depuis longtemps parce que nous étions en été et que si j'avais envie de draguer j'étais aussi bien dans les dunes de la plage de Swanbourne.

J'ai regardé le cricket pour le mouvement, les couleurs mais l'écran distendait l'image et rendait mal la vérité des séquences de jeu. J'avais repris l'affaire en route et je ne savais plus trop où en était le score, d'ailleurs je m'en foutais, j'attendais la Coupe du monde pour suivre vraiment les matches. Comme toute l'Australie.

J'ai erré. Quand je dis que je n'ai pas revu Ange, ce n'est pas exact. Je l'ai bien croisé deux ou trois fois et il m'a souri d'un air entendu en filant vers un nouveau coin sombre. Personne ne me plaisait vraiment mais je crois surtout que j'étais déçu qu'il ne se soit rien passé entre nous. Je n'avais pas envie qu'on devienne comme deux frères.

A un moment je me suis retrouvé dans le hammam et ce que j'y ai vu a fini de m'écœurer. Il y avait un type costaud comme celui de ce matin. Piercings et tatouages, celui-là en avait bien. Le genre de mec qu'on voit à peine rentrer ou repartir, qui reste dans l'obscurité. Son tatouage sur le bras était une série de dessins en cercle. Le genre de gars qu'on croise sur une grosse Harley-Davidson, l'air arrogant, méprisant les pédés en public. Et qu'on retrouve, minuit passé, au fond du hammam, à poil dans le coin le plus obscur. Comme ce soir. Il se faisait enculer par deux autres inconscients, à tour de drôle. Sans capote. Ça m'a fait froid dans le dos. Le *bareback* n'est malheureusement pas réservé aux jeunes. Il y a vraiment des abrutis qui n'ont toujours rien compris. J'ai pensé qu'il était aussi con que celui de ce matin et que même c'était peut-être lui. Mais il faisait trop sombre pour que j'en sois sûr.

A ce moment, j'ai aperçu Ange qui passait comme une ombre derrière le groupe. Il a fait semblant de ne pas me voir et il a filé une nouvelle fois.

Il était déjà une heure du matin. J'ai attendu encore vingt bonnes minutes mais mon copain n'est pas réapparu. J'étais frustré et peut-être même jaloux, sans aucun droit de l'être. Je suis rentré à Fremantle la queue basse.

III

UN SPORT EMPOISONNANT

C'est à peu près à ce moment-là, le surlendemain précisément, que la mort de Jim Carlson a pris un tour inattendu. Je n'avais pas écouté la radio ni regardé la télé, comme d'habitude. C'est par la lecture du *West Australian*, à une terrasse de café, que l'affaire m'a saisi. J'ai pris conscience à cet instant que j'étais vraiment de plus en plus décalé car toute l'Australie ne parlait que de cela depuis hier soir. Je me suis dit qu'il était peut-être temps que je me remette à vivre comme un homme et non pas comme un ours. La rencontre avec Ange venait fort à propos.

J'étais à Fremantle, le temps d'une course, pour m'acheter un pantalon plus habillé que les bermudas que je portais quotidiennement. J'avais donc bien décidé de me socialiser. J'en avais profité pour m'arrêter chez *Coles* pour remplir le frigo et prendre quelques bouteilles au *liquor store*. Donc une perspective de recevoir des amis à la maison, ce qui ne m'était pas arrivé depuis des siècles. Que je n'avais pas vus passer.

Je m'étais assis à une terrasse de Market Street, la grande rue toujours animée. Des touristes mais pas seulement, décontractés, plutôt bobos, bon ton. Tous ces gens normaux existaient donc ! J'avais l'impression de les revoir après une longue absence. J'avais posé mon bob vermillon à côté de ma tasse de thé et des muffins encore chauds. Deux, à la myrtille. La femme assise à la table voisine me plaisait, dans les quarante, dans les beiges, une grâce sportive sans perdre une once de féminité, une robe de coton ample avec des bretelles fines et un panier d'osier. Elle aussi lisait le journal que je n'avais pas encore ouvert et semblait fascinée. En tout cas elle ne me voyait pas. Il faut dire que le titre était énorme, je ne sais pas comment il avait pu m'échapper. Je ne vivais plus dans le même monde qu'eux, je devais me reprendre. J'en ai allumé derechef un cigarillo en faisant bien attention de souffler ma fumée vers les voitures qui passaient au ralenti et non pas vers ma délicieuse voisine, toujours absorbée dans les pages intérieures. Le titre barrait la une : “Carlson empoisonné.”

C'était le rebondissement inattendu d'un fait divers qui avait déjà pas mal secoué le pays. Tout ce qui a trait au sport est important. Tout ce qui a trait au cricket est sacré. Si bien que dans la presse aujourd'hui l'histoire damait le pion à toutes les nouvelles financières qui, d'habitude, débordent de partout depuis que l'Australie-Occidentale est en plein boom minier et qu'on y vient de partout pour gagner du fric, du fric et encore du fric.

J'avais d'ailleurs vu le match à la télé, un après-midi de la semaine dernière. Un *one day match*, en principe interminable. Une sorte de test, un match de préparation sur une seule journée, entre l'équipe nationale et une sélection régionale. Normalement les joueurs de l'équipe d'Australie auraient dû gagner facilement face aux locaux en tenue rouge bordeaux. Car, oui, il arrive que dans les matches importants les cricketers, qui, en principe, jouent toujours en blanc, endossent une tenue de couleur. Je ne crois pas que cela se fasse depuis longtemps, ça me paraît une entorse déraisonnable à la tradition. J'imagine que l'idée était de distinguer enfin les deux équipes pour la compréhension des spectateurs. A mon goût, ils auraient mieux fait de conserver – quand vous parlez d'un jeu ou d'un sport britannique, employer toujours le mot conserver – le blanc traditionnel.

Le match de mercredi dernier avait été arrêté au bout d'une demi-heure. Les locaux lançaient et ceux de l'équipe d'Australie battaient ce qui veut dire qu'un des leurs se démenait, batte au poing, genouillères et casque bien amarrés pour tenter inlassablement de renvoyer la petite balle de cuir, dure comme du bois, au-delà des limites du terrain. L'équipe nationale commençait très doucement d'autant que le capitaine Ricky Ponting, véritable star, avait décidé de battre en premier. Mais au bout de vingt minutes, quelques swings ratés et peu de points marqués, Ponting avait passé la main à Jim Carlson.

Celui-ci avait débuté par un run un peu chanceux. C'est-à-dire qu'il avait envoyé la boule de cuir rouge au beau milieu des tribunes, au-dessus de toute l'équipe de Perth impuissante. Applaudissements nourris qui, d'un coup, réveillaient les buveurs de bière indolents sur les gradins. Puis un autre adversaire en rouge sombre avait pris son élan. Il avait balancé la balle au bout de son bras, en pleine course, dans ce geste si esthétique et si violent. En face, Carlson était prêt à recevoir ou à esquiver. Mais quand la balle s'était dirigée vers lui à plus de cent à l'heure, il n'avait pas bougé, il était resté pétrifié. La petite boule rouge l'avait touché au ventre et Carlson s'était effondré d'un coup, sur le gazon déjà jauni.

Le stade avait retenu son souffle puis avait commencé à murmurer, à grésiller, à spéculer. L'arbitre au chapeau avait sifflé l'interruption, Carlson ne se relevait pas. Il avait été évacué en civière et le stade avait dû sentir qu'il était déjà mort car le silence s'était abattu comme un nuage froid, pour un long moment. La télé avait passé des pubs, le match n'avait pas repris, les émissions spéciales, si. La mort de Carlson avait été confirmée tout de suite, les spéculations pouvaient commencer : choc de la balle, arrêt cardiaque, dopage ? Jusqu'à hier soir et le verdict longuement mûri des spécialistes en toxicologie : empoisonnement.

Mon cigarillo était complètement consumé dans le cendrier et la femme beige discrètement évaporée dans les volutes polluantes de mon poison. Troublant car le rebondissement était annoncé le lendemain même de ma rencontre avec Ange, où justement nous avions brièvement évoqué la mort mystérieuse du joueur.

Carlson n'était pas le plus connu des héros du cricket. J'essayais de comprendre, à travers l'article du *West Australian*, s'il s'agissait d'un acte criminel ou d'un empoisonnement dû à des produits dopants. C'était flou. Au début j'ai cru qu'il s'agissait de cela car depuis quelque temps les affaires de dopage fleurissaient dans le sport australien. Natation, triathlon, rugby et surtout *footy*, ce sport qui ressemble au rugby en beaucoup plus violent. Les règles y sont sommaires et il n'y en a aucune en matière de dopage. Plusieurs joueurs l'avaient déjà payé de leur vie. Les gentlemen du cricket avaient pour l'instant été épargnés. Carlson était-il la brebis galeuse ? La tache risquait-elle de s'élargir dans ce monde immaculé du sport symbole de la pureté australienne ?

Mais si Carlson avait succombé à un empoisonnement cela ouvrait d'autres perspectives. Carlson était fils d'immigrants de longue date, blanc, en principe en bonne santé, marié, deux enfants, sûrement pas homosexuel même si sa musculature harmonieuse et ses traits virils devaient pouvoir en faire une idole gay acceptable. Bien sous tous rapports. Alors qui pouvait en vouloir à ce bel athlète ? Une femme jalouse, une maîtresse hystérique ? Carlson était-il impliqué dans une histoire de paris sportifs truqués ? Ou victime d'une des nombreuses mafias de la drogue, jamais très éloignées du trafic de produits dopants ?

La seule certitude était le rapport des experts et je n'ai tout compris qu'à la fin de l'article un peu confus : le produit qui l'avait tué était en réalité du venin de *brown tiger*, un serpent local, l'un des plus mortels du monde. Or, sur le corps de l'athlète, les médecins n'avaient vu aucune trace de morsure. Seulement la piqûre d'une infiltration au genou qu'on lui avait administrée juste avant le match pour soigner une jambe douloureuse. La police était maintenant à la recherche de la seringue qui avait évidemment disparu. Le médecin de l'équipe affirmait, en larmes, ne rien comprendre, Carlson était un de ses meilleurs amis. L'Australie découvrait que les vestiaires du stade de son équipe fétiche étaient aussi mal fréquentés qu'un peep-show de Northbridge, le quartier chaud de Perth.

J'ai dû marcher deux bonnes heures le long des quais du port de Fremantle, pour me remettre de mon étonnement. Il y avait trop de touristes que le cricket laissait indifférents comme des phoques. J'avais envie d'en parler à quelqu'un. Quelqu'un dont l'imagination et la fascination pour ce pays restaient en permanence en éveil. Je ne voyais qu'Ange mais je n'ai pas osé le déranger.

IV

MES VOISINS, MES AMIS

Je rentrais chez moi à East Fremantle quand j'ai rencontré de nouveau Clive en coup de vent. Je me demande bien d'ailleurs pourquoi je n'avais pas fait le rapprochement plus tôt. Les Noirs se remarquent en Australie-Occidentale. Seulement quelques rares Indiens ou Malais à la peau très foncée, plus foncée que les Africains, et des lèvres plus minces. Comme lui. Mais dans les *change rooms* de Swanbourne, cela n'avait pas fait tilt, va savoir pourquoi. Dans mon quartier, je ne l'avais vu que de loin sans même remarquer son crâne bien rasé, son bouc et sa boucle d'oreille. A vue de nez, il devait avoir moins de quarante ans. Lui, avait déjà repéré mes chapeaux rouges et mon statut de célibataire. Il me l'a raconté plus tard. Ce matin-là il était passé devant chez moi quand je revenais des courses.

— On est donc voisins, a-t-il dit en souriant, ce qui, chez lui, est une constante.

— On dirait, en effet.

— Il n'y a pas très longtemps que tu es là ?

— Cinq, six semaines.
— En hiver, tu vas avoir froid.
— Pourquoi, la maison te semble trop rustique ?
J'ai eu l'air un peu vexé et lui embarrassé. Mais il a vite dévié la conversation.
— Tu vis juste à côté de la mystérieuse famille Ricky ?
— Nicole et John, c'est ça ? Je ne sais pas leur nom de famille.
— Moi, je les appelle Ricky et Riquette. Ricky a des mains énormes.
— Pourquoi mystérieux ? J'ai pas mal bavardé avec eux, ils sont sympas.
— Sympas, c'est sûr...
Il n'a rien dit, il s'est contenté de récupérer en un quart de seconde son sourire indestructible. Il a juste ajouté :
— Trop compliqué à expliquer et puis je pars bosser, je suis pressé. Passe prendre un verre un jour, cela me fera vraiment plaisir.
Il était monté dans sa voiture et j'étais resté planté sur le trottoir, au bout d'East Fremantle, avec mon pack de Coca light et le *West Australian* dans les mains. Prendre un verre, tiens donc... Et plus si affinités ? Le pensait-il ? Moi oui, il me plaisait vraiment. Deuxième fois en deux jours que j'avais envie de sortir de mon engourdissement. Cette fois pour de très bonnes raisons...
Fremantle est le port de Perth et les deux cités ne forment qu'une immense agglomération de banlieues interminables. Aujourd'hui cette métropole d'un million d'habitants est sûrement la ville la plus propre du monde. Même les marins des cargos qui

déchargent leur cargaison dans le port le font avec des gants. C'est une image mais elle n'est pas fausse. A Perth et à Fremantle les pelouses sont manucurées, les rues lavées presque chaque jour, l'herbe tondue jusqu'au bord des trottoirs avec de minuscules scies circulaires spéciales.

Ma maison détonne. J'avais atterri dans ce coin, non pas par hasard mais par nécessité. Un coup de tête et un coup de cœur. Un mec qui m'avait foudroyé pour quelques jours et qui habitait Freo – le petit nom de Fremantle. J'avais voulu nous donner la possibilité de nous voir plus souvent, bien qu'il ne m'ait rien promis. En réalité, à peine installé, il s'était évanoui dans la nature. J'ai assez d'expérience amoureuse pour comprendre ce genre de choses. Quand j'apercevais sa silhouette râblée à une terrasse, au milieu d'autres gays aussi sexy que lui, je passais mon chemin. Peu importe, j'étais à une période où je devais changer quelque chose dans ma vie, j'avais changé de logement.

La maison. Juste un peu différente et c'est pour cela que j'avais décidé de la louer. C'est une construction sans forme entre l'atelier du mécanicien et le hangar du grossiste. Un bâtiment trapézoïdal, en bois peint en blanc sale, qui se cache derrière de petits eucalyptus. Dans Perth il doit bien y avoir d'autres bâtiments utilitaires comme celui-ci. Ce qui le rend unique, c'est sa position dans ce quartier devenu chic récemment. Au bout de Preston Point Road, elle a une vue sublime. Elle est exposée au nord, c'est-à-dire le côté soleil dans l'hémisphère sud. Tout au bord de la Swan River, l'estuaire qui remonte du port de Fremantle jusqu'au centre-ville de Perth. Les week-ends d'été, il n'est pas rare d'y voir plusieurs centaines de yachts de toutes tailles, aux voiles multicolores, disputer des régates acharnées jusqu'au coucher du soleil. Et au fond, dans le lointain, il y a la *skyline* de buildings du centre des affaires. Comme un lointain aperçu des ennuyeux jobs des managers – costume sombre, chemise blanche, cravate bleu marine – qui nous seront désormais épargnés. A moi comme à Clive, car j'avais remarqué qu'il partait bosser en tenue beaucoup plus décontractée.

L'originalité de la maison tient aussi à sa voisine, celle des Ricky. Dans Perth, les maisons s'alignent les unes à côté des autres sans discontinuité. Ces deux maisons-là, au-dessus d'un terrain de cricket – East Fremantle Cricket Club –, paraissent à part, séparées des autres. A cause d'une rue et d'un petit terrain à l'abandon. C'est une illusion bien sûr. La maison d'à côté est plus banale que la mienne, hormis les deux colonnes disproportionnées qui ornent son entrée. Dans le jardin il y a deux *black boys*, ces arbres fétiches en Australie. John Ricky semble passer beaucoup de temps à en prendre soin alors qu'ils poussent tout seuls et sont capables de survivre aux pires incendies. Ils peuvent vivre des siècles.

Quand je m'étais installé, John Ricky avait tout de suite proposé de m'aider. Avec ses bras puissants et sa silhouette de plein air, il m'avait donné un sacré coup de main. C'est le cas de le dire parce que, maintenant que Clive avait attiré mon attention, je me souvenais très bien de ses mains énormes. Toujours en short et les poils de ses jambes décolorées par le soleil. John parlait beaucoup et beaucoup pour ne rien dire, ce qui me convenait tout à fait. Nicole est plus grande que lui, mince, un peu sèche, sportive, une jupe plissée, jamais un poil de maquillage. Et les yeux toujours cachés derrière des lunettes fumées à monture épaisse, ce qui lui voile le regard. Comme par discrétion. Elle paraît toujours plus réservée, parlant moins, mais à bon escient.

Une sympathie immédiate pour ce couple même si j'avais senti une distance entre eux, sa manière à lui de la rabrouer discrètement, sa manière à elle de détourner la tête quand il le faisait. Mais j'avais apprécié leur gentillesse, leur accueil et leur spontanéité. Et peut-être aussi leur tact. Je ne me rappelais pas qu'ils m'aient posé la moindre question embarrassante ou indiscrète. Cela m'arrangeait et j'avais l'impression qu'eux aussi. Bref, un couple bien dans la norme.

La seule chose qui m'ait un peu intrigué, c'est ce qui s'était passé un soir alors que je rentrais tard. J'avais pas mal bu ce soir-là et j'étais un peu abruti.

Un bruit de voix m'avait sorti de ma torpeur. Je m'étais caché derrière un tronc d'eucalyptus, le bruit venait de la maison d'à côté. Sur Preston Point Road, il n'y avait personne, ni voitures tardives, ni passant esseulé. La porte de la maison des Ricky s'était soudain éclairée. A cause des phares d'un pick-up rouge avec des pare-chocs chromés. Un modèle un peu clinquant que les Australiens affectionnent.

La voix avait repris. Ou plutôt l'éclat d'une voix très dure qui venait de l'auto, celle d'un homme qui hurlait quelque chose sans aucune gêne et dont on devinait la violence. La maison de John et Nicole était encore allumée au rez-de-chaussée mais personne ne s'était montré. La porte d'entrée semblait verrouillée et une ombre était apparue derrière les fenêtres. Je m'étais reculé encore un peu pour rester dans l'obscurité. Et j'avais bien vu la silhouette du conducteur, sa manière de s'asseoir dans la voiture et de claquer la portière. Il semblait assez jeune, baraqué. Pour le reste je n'avais vu qu'une ombre dans la lueur des phares. Le pick-up Ford avait reculé brusquement sur Preston Point Road, il était parti vers Fremantle dans un crissement de pneus tout à fait volontaire. J'avais juste aperçu qu'il portait une casquette et peut-être une barbe courte. J'avais attendu caché encore quelques minutes mais le pick-up n'était pas revenu. Puis les lumières des Ricky s'étaient toutes éteintes.

Un soir, alors qu'il bricolait dans son jardin, je suis allé proposer à Clive de venir prendre un verre sur ma terrasse. J'aurais pu suggérer le *Left Bank*, un bar-hôtel, un peu plus loin au bord de la Swan mais je voulais changer mes habitudes et puis… sait-on jamais !

— Comment as-tu trouvé cette maison ? m'a-t-il tout de suite demandé.

— Je voulais quelque chose de pas cher dans le coin.

— C'est quasiment impossible aujourd'hui, toutes les maisons sont hors de prix, tout flambe avec le boom minier.

— La maison est moche, tu l'as vue. Un jour prochain elle sera démolie et on construira à la place une villa luxueuse, bois, verre et métal. Mais pour l'instant il y a une histoire d'indivision, une famille qui se déchire…

— Elle appartient à tes voisins ?

— Non, pourquoi dis-tu cela ?

— Pour rien, comme ça…

— Mais si. Tu ne dis pas cela par hasard.

Clive souriait comme d'habitude mais le regard qu'il fixait sur moi était devenu plus dur. Cela n'atténuait pas son charme au contraire, cela effaçait son côté dolent qui n'était qu'une apparence destinée à tromper l'ennemi. Il avait une manière très sensuelle de se caler dans son fauteuil et d'abandonner ses jambes immenses, devant lui.

— Il y a un vrai mystère autour d'eux. J'ai sympathisé avec eux l'année dernière quand je suis arrivé. Enfin surtout avec elle, Nicole Ricky, une femme formidable. Je crois qu'elle aime bien les pédés. C'est elle qui m'a dit qu'il y avait un garçon seul qui s'était installé le mois dernier à côté de chez eux. C'est comme cela que j'ai remarqué tes casquettes rouges.

Direct, mais sans ambiguïté. Et avec le sourire. Mes actions étaient en train de grimper. Clive continuait :

— Mais il y a quelque chose qui cloche, j'en ai eu la certitude tout au long de l'année. Et je ne sais vraiment pas quoi.

Cette fois il a éclaté de rire comme si cela n'avait aucune importance. Il s'est arrêté de parler, il a longtemps contemplé sa bouteille de Cascade. Tant qu'à faire, je lui avais servi une des meilleures bières qui soit. Il avait maintenant le regard dans le vague, audelà de ses longues guibolles, vers le terrain de cricket. J'en ai profité :

— Et l'affaire Jim Carlson, tu en penses quoi ?

— Rien, mais alors rien du tout…

— Tu n'aimes pas ?

— Je m'en fous, j'y jouais petit, comme tout le monde en Malaisie. Point. Ne me dis pas que toi…

Je n'ai pas répondu. Cette réaction à fleur de peau, je l'avais souvent entendue chez mes amis gay. Un rejet du cricket, ce symbole de l'Australie familiale et bien-pensante. D'ailleurs Clive revenait à son obsession. J'avais l'impression qu'il n'était passé prendre un verre que pour me parler d'eux.

— Les Ricky ont une histoire étonnante.

— Tu les connais bien ?

— Un peu leurs aventures ou ce qu'ils m'en ont dit. Mais il y a tellement de zones d'ombre… cela m'intrigue. Déjà, regarde, son allure démodée, sa coiffure…

— Ce n'est pas un péché.

— C'est bizarre pour une femme comme elle, au courant de tout, impliquée dans la société.

— Quoi par exemple ?

— Elle s'occupe des immigrés.

Là, j'ai été surpris. Je n'imaginais pas Nicole travailleuse sociale, je la voyais plutôt comme une femme au foyer.

— Et lui ?

— Il a été chercheur d'or. La vérité c'est que c'est un couple bizarre sur toute la ligne. Je caricature en disant qu'il a été chercheur d'or. En fait, il a travaillé dans les mines entre Darwin et ici, bien avant le boom, il a dû en baver. Quand ils sont ensemble ils se surveillent l'un l'autre. Mais la plupart du temps ils se fondent dans le décor. Et leur fils, tu l'as vu ?

— Ils ont un fils ?

— Il paraît que c'est leur fils.

— Pourquoi dis-tu cela ?

— Il ne leur ressemble pas. Beau mec, costaud, enfin je ne l'ai vu que de loin. Il paraît qu'il travaille dans les mines lui aussi, qu'il conduit des engins dans le désert à cinquante degrés à l'ombre, là où la terre est rouge. Enfin c'est ce qu'ils disent…

— Ils ne m'en ont jamais parlé.

Ce qui était vrai mais je n'avais pas envie non plus de dire à Clive que je l'avais vu un soir, ce mec, en train de faire du barouf devant chez eux avec son pick-up chromé. Je ne voulais pas colporter des ragots. On a parlé de choses plus anodines. Et c'était assez confortable cette soirée sous le ciel immaculé. L'air vibrait imperceptiblement de décontraction pour lui et de convoitise pour moi. L'inverse n'était sans doute pas vrai.

Perth c'est d'abord une couleur particulière de ciel, un bleu dur, presque marine, astiqué au vent de l'océan. Cela pourrait donner froid dans le dos, trop de pureté.

Une bière et le terrain de cricket animé de l'autre côté de la rue. Nous sacrifions au rituel. La VB ou la Cascade en canette, protégée par un *stubby* l'indispensable accessoire, l'enveloppe spéciale qui empêche la bière de se réchauffer. En regardant le spectacle du sport national. On dit les Australiens sportifs, fous de sport, fans de stade, organisateurs des jeux, champions de tennis, de natation, de vélo, de rugby et *tutti quanti*. Ce n'est rien à côté du cricket. L'élève australien a depuis longtemps dépassé le maître anglais. Ici ce n'est pas un sport, c'est une religion. L'image de l'Australie, c'est un père et son fils, le dimanche dans un parc public. Ils plantent trois bâtons dans le sol (les *wickets*), ils attrapent la batte et la balle et, dans un va-et-vient incessant, l'aîné transmet à sa progéniture toute l'essence de la culture australienne.

Cela laissait Clive de marbre.

Et il n'a pas fait un geste pour se rapprocher de moi, même quand je lui ai donné un gentille tape sur l'épaule.

Mes actions piquaient du nez à la bourse du désir.

En revanche, ce geste amical n'a pas échappé à John Ricky. Et cela n'a pas eu l'air de lui plaire de nous voir ensemble. A un moment de cette soirée, il est sorti sur son perron et nos regards se sont croisés. Je n'y aurais même pas pensé si, dès le lendemain, je n'avais senti une réelle froideur dans son bonjour. A partir de ce moment-là, j'ai continué à parler souvent à Nicole mais John n'est jamais resté avec nous, il s'effaçait très vite.

V

PARENTHÈSE DE SÉDUCTION

Le dimanche suivant j'ai emmené Clive à Rockingham, un bled au bord de la mer, au sud de Perth. Le défilé devait avoir lieu, selon les infos de mon policier préféré Ange Cattrioni, en milieu de journée, en plein cagnard. Si la météo ne se trompait pas.

J'avais proposé à mon nouveau copain black de venir sans lui dire de quoi il s'agissait. Nous n'avions pas besoin de prétexte pour passer la matinée à Safety Bay, juste un moyen de mieux se connaître. C'est une plage immense, après la ville de Rockingham. Il ne faut pas plus de trois quarts d'heure pour s'y rendre. En week-end c'est beaucoup moins fréquenté que les plages de Perth et comme Safety Bay est une grève plate on peut y nager plus facilement.

Surtout, sur un kilomètre très précisément, entre deux pancartes où c'est autorisé en grosses lettres, Safety Bay est une plage où l'on peut se mettre à poil. Evidemment comme il y a de grandes dunes derrière c'est aussi un spot propice aux gays et à la drague. Mon intention était évidente, il n'a montré aucune réticence et d'ailleurs il connaissait le lieu mieux que moi. J'ai ainsi pu contempler à loisir le corps d'ébène du garçon.

Avec Clive, nous avons trouvé, nus tous les deux sur la longue plage gris clair, une vraie complicité. En parlant de ceux qu'on appelait les *beach boys*, les garçons de la plage. Toute une bande informelle qui a ses habitudes dans les coins éloignés des grèves nudistes comme Swanbourne ou Safety Bay. Mike l'instituteur, Graham, Dave, Bruce, Niail et Lee, les deux médecins, le vieux Tony, le savant néo-zélandais spécialiste des champignons. J'en connaissais certains, j'essayais en général de les éviter pour rester dans mon cocon. Je leur disais bonjour et parfois j'échangeais quelques phrases mais pas plus. Mon voisin malais m'en a dit plus, sur eux, ce matin-là, que ce que j'avais appris durant des mois.

Le courant passait.

Nous avons longuement nagé dans l'eau transparente, à peine frisée par la brise matinale. Nous nous sommes frottés avec nos serviettes et passé de la crème solaire dans le dos. C'était délicieux, je commençais à être sérieusement excité mais Clive faisait semblant de ne rien remarquer. Entre deux baignades, il s'extasiait sur une famille de dauphins qui paradait à moins de cent mètres du rivage. Je ne lui avais rien dit de la suite parce que je voulais qu'il voie de ses propres yeux, sans idée préconçue. Avant midi, le vent de mer – le fameux Dr Fremantle – s'est enfin levé d'un coup. Il ne s'est pas contenté de donner un petit coup de fraîcheur à l'atmosphère qui devenait accablante sous le soleil brut, il a aussi soulevé des volées de sable fin qui nous aveuglait. Clive s'est résigné à partir.

Avant d'arriver où je voulais l'emmener, il a commencé à comprendre ce qui se passait. D'abord les flics, nombreux, plus que d'habitude. Ensuite les motards bien sûr mais encore isolés ou par groupe de deux ou trois seulement. Ils nous doublaient rageusement. Ensuite le bruit de plus en plus fort quand ils faisaient rugir le moteur de leurs Harley. Peu à peu, c'est devenu un bourdonnement alors que les groupes formaient des grappes puis un courant régulier d'acier, d'oxyde de carbone et d'explosions.

VI

DE LA MOTO ET DE SES AMATEURS

Ange avait expliqué que ça se passerait dans le nouveau quartier de Rockingham, derrière le grand centre commercial. Les deux garçons n'ont pas pu aller jusque-là, ils ont dû se garer sur le parking du supermarché et finir à pied. Clive ne disait plus rien, fasciné par cette meute qui s'organisait dans un apparent désordre.

La ville ressemble à un condensé de l'Australie *middle-class*, une infinité de pavillons identiques à perte de vue. Les bikers n'avaient pas choisi l'endroit par hasard. Rockingham vient de se construire un nouveau palais de justice. Les parcs autour avaient été récemment aménagés, les routes venaient juste d'être refaites. Le lieu de rassemblement était le club de sport de combat, judo et aïkido. Un cube de briques avec d'immenses silhouettes de Bruce Lee ou de Jackie Chan peintes sur la façade. Juste en face du nouveau palais de la loi. Ils mettaient leurs engins sur la béquille, parlaient par groupe, se frappaient dans les mains comme des vrais mecs, crachaient par terre, se grattaient les couilles et remontaient en selle pour un tour provocateur autour des bâtiments officiels. Les flics ne disaient rien, reclus dans leurs voitures blanches aux gyrophares éteints.

Il y avait peu de spectateurs, mais tous les observaient sans rien dire, en plein soleil. Et tous restaient les bras ballants, plus hypnotisés qu'amusés à regarder leur parade. L'un des deux garçons, Ashe sans doute, est allé à un moment chercher des Coca frais, chez *Coles* au-delà du parking.

C'était une démonstration de force pour la police dans un lieu hautement symbolique. Les motos étaient briquées, multicolores avec une attirance particulière pour les couleurs de bonbons anglais. Les chromes rutilaient, les carènes étaient customisées. Les motards se ressemblaient tous, s'arrêtaient pour boire une bière ou pisser contre les arbres du parking du gymnase. Parfois, mais c'était rare, une fille montait en selle derrière l'un d'eux, habillée comme eux de toile de jean et de cuir, cintrée de chaînes, piercée comme eux des narines jusqu'à la queue, si elle avait pu. Elles n'étaient qu'une dizaine tout au plus.

La meute tout entière avait l'air plus propre que d'habitude. Pas de traces de graisse sur les pots d'échappement, pas d'huile sur les carènes ou le cul des jeans, pas d'auréoles de sueur sur les tee-shirts. Comme s'ils sentaient plus la brillantine que l'huile de moteur, comme s'ils avaient tous pris une douche ce matin. C'était peut-être vrai et ce n'était sûrement pas par hasard.

Mais ce qui frappait le plus, c'était l'ordre et les casques. Dans ce genre de rassemblement les bikers portent tous le casque strict et noir, héritier des vieux casques de cuir. Ces couvre-chefs austères leur permettent en toute circonstance de se distinguer de la masse des motards ordinaires et de leurs heaumes multicolores. Et cela donne à leur troupe disciplinée des allures d'armée en campagne, voire de groupe paramilitaire. Avec les phares allumés – qui faisaient doublon avec l'éclat des chromes –, la parade prenait vite des relents fascisants.

Clive et Ashe longeaient les murs, l'air de rien. Il y eut des regards franchement agressifs, soulignés par des vrombissements de moteur. En réalité, c'était la couleur de la peau du Malais qui ne leur plaisait pas. Il devait avoir l'habitude de ces attitudes menaçantes, il faisait semblant de ne pas les remarquer. Leur arrogance et leur mépris n'avaient pourtant rien d'amène. Il s'est approché d'Ashe et lui a dit :

— Regarde là-bas, on dirait le fils Ricky.

C'était la première fois de la journée que Clive parlait des Ricky. Il avait sûrement remarqué que son insistance, sur la terrasse, avait agacé son nouvel ami. Mais il était bien difficile de distinguer quoi que ce soit parmi ces mecs aux mêmes barbes, aux mêmes casques noirs. Seuls les cuirs les distinguaient. Des blousons sans manches, étoilés de *stickers* agressifs et incompréhensibles. Ils étaient à la fois leur marque personnelle et l'appartenance à un groupe, à un club. Chez eux le blouson, c'est sacré. Tout était sacré aujourd'hui, c'est ce qu'ils voulaient faire croire. C'était leur grand-messe, c'était dimanche.

— Lui ou l'un de ses clones. Il pourrait y avoir vingt fils Ricky, c'est impossible à dire. Tous ceux qui sont un peu moins obèses que les autres pourraient être lui. C'est déjà une sélection.

— Et d'ailleurs sa moto n'est pas une Harley.

La moitié des motos étaient en effet des Harley-Davidson avec guidon haut et franges à la selle. Mais il y avait toutes les autres, aussi colorées, des japonaises, des Triumph, même un modèle ancien de Zundap, une de ces motos fabriquées après la guerre dans les pays de l'Est. Ce n'était pas la seule antiquité. Cela ne devait pas leur déplaire de passer aussi pour d'aimables collectionneurs d'engins *vintage*.

A un autre moment, Ashe a cru apercevoir l'homme au serpent sur le bras, celui qui se faisait tringler sans capote au fond du sauna. Mais, des tatoués, il y en avait partout. Avec leurs accoutrements, impossible de reconnaître vraiment quelqu'un.

Si le fils Ricky les avait vus, cela avait dû le mettre en colère.

Il fallait vite demander à Ange Cattrioni s'il le connaissait, en tant que biker. Ashe cherchait son ami policier des yeux sans trop tenir à le rencontrer cette fois. Il ne jugeait pas utile de lui présenter Clive depuis qu'il avait senti sur la plage qu'un courant alternatif passait entre leurs deux épidermes. Autant compartimenter ses relations comme le commissaire Ange le fait si bien avec ses amis ou surtout ses amants qu'il ne présente jamais aux autres. De toute façon il n'était peut-être même pas sur le lieu des événements, ce dimanche. Il devait surveiller tout ça de loin et donner ses ordres par radio. Les flics se montraient peu. La marée de motos tournait maintenant de plus en plus vite autour du bloc de bâtiments. Avec le soleil en plein milieu du ciel et le vent qui se faisait prier pour entrer dans la ville, la chaleur devenait torride. Par un curieux effet de masse, le déplacement erratique des engins métalliques, le rugissement provocant des moteurs, tout cela entretenait une certaine irréalité de la scène. Loin de rafraîchir l'atmosphère, les envolées et le vrombissement des machines lui donnaient une nouvelle lourdeur. En fait c'était irrespirable et c'est sans doute pour cela qu'il n'y avait maintenant presque plus personne pour les regarder. Les familles en train de faire des courses, curieuses au début, s'étaient prudemment retirées dans les odeurs de légumes du supermarché, à l'abri de l'air conditionné.

Ils attendaient tous, comme des benêts sur leurs jouets astiqués. Ils asticotaient la police, comme si cela allait les faire jouir, à la fin. Ils ne rigolaient plus. La tension devenait palpable, le dérapage probable.

Ce jour-là, ce n'était pas du tout leur intention de provoquer des incidents, contrairement à ce qui s'est passé dans les semaines qui ont suivi. Depuis le début ils attendaient les journalistes. La parade n'était organisée que pour eux, pour qu'ils racontent ce soir sur les écrans et demain dans les colonnes de tous les quotidiens les faits d'armes de ce carnaval. Dès que les voitures siglées TV et radio sont apparues, le carrousel a repris de plus belle. Plus question de pisser sur les trottoirs ou de cracher sur les gazons. Plus question de faire des sprints, de se défier pour savoir qui avait le plus gros engin. Juste le défilé, le bruit. Même les canettes de bière avaient été discrètement oubliées dans les poubelles du parc.

Alors, les caméras ont filmé, les radioreporters ont enregistré leur papier sur fond de hurlements de soupapes, les journalistes ont pris des notes. Dès le soir ils pourraient parler au bon peuple de cette bande de *mates* et de la manière dont ils passent leur week-end. Comment ces vrais *Aussies* rouquins, amateurs de bière, grassouillets à la peau claire – forcément très claire –, passent leur dimanche de vrais patriotes. Ce n'est pas dans leurs rangs qu'on aurait vu des Noirs ou des Chinois. Juste le plaisir des retrouvailles entre amis pour faire la fête. Et si une caméra indiscrète s'attardait sur une bouteille oubliée le long d'un trottoir cela ne ferait pas grand mal, on leur pardonnerait vite. C'est tellement australien de boire de l'Emu Bitter au goulot. Ce soir, demain matin, on parlerait d'eux partout. Et cette fois pas pour dire qu'ils sont impliqués dans le racket immobilier, le trafic de drogue ou la prostitution. Ce jour-là, ils étaient au moins trois cents. Quand ils se furent assurés que les cameramen avaient eu assez de temps pour tourner les bons plans en face du palais de justice, ils se sont enfuis à travers la ville, suffisamment vite pour donner le tournis aux rares spectateurs mais pas assez pour que les voitures de la presse ne puissent les suivre. Cet après-midi-là, les hurlements des moteurs ont résonné encore longtemps le long des avenues identiques des faubourgs de Rockingham. Entre les maisons préfabriquées et les pelouses soignées, l'armada de fer et de feu a montré sa force et sa discipline.

Ils avaient exposé tout cela au bon peuple australien. Mais ils avaient laissé planer une sourde menace. Les images télévisées, grossissant l'événement comme toujours, ne pouvaient qu'inquiéter au fin fond des *private estates*, ces lotissements protégés et faussement chic. La loi du plus bruyant à défaut du plus fort.

VII

NICOLE RICKY

J'allais à la plage tous les matins puis je faisais une sieste interminable à cause de la chaleur qui m'accablait dans la maison-atelier sans climatisation. Dans l'après-midi, quand l'air devenait un peu plus respirable, je partais marcher ou courir le long des sentiers de la Swan River en regardant les amateurs de *kitesurf* maîtriser leurs énormes cerfs-volants. En rentrant de ces promenades, je parlais de plus en plus souvent aux Ricky. A l'heure où ils arrosent leur jardin. En réalité, je parlais à Nicole.

John, toujours vêtu d'un short de toile beige et d'une chemise de coton sans manches, des tongs aux pieds, taillait et arrosait les plantes. Mais, depuis qu'il m'avait vu rigoler avec Clive, il disparaissait dès qu'il me voyait approcher. Je n'avais même pas le temps de m'en apercevoir. Nicole, qui parlait peu en présence de son mari, engageait la conversation quand il n'était plus là. Mais elle ne m'interrogeait jamais sur mes activités, ma vie. Par discrétion ou peut-être par cette espèce de gêne anglo-saxonne qui fait éviter de se sentir redevable, d'être obligé de répondre à des questions plus personnelles. Un jour, un peu tremblante, presque gênée, Nicole avait sonné à ma porte pour m'apporter un bouquet d'agapanthes cueillies dans son massif. Elle avait carrément coupé la moitié des fleurs pour moi. Et puis un autre jour, nous avions parlé de Clive, des immigrés et même des gays.

Clive est issu d'une famille malaise installée en Australie depuis des décennies. Nicole, toujours discrète, m'avait simplement dit qu'il venait de Sydney.

— Vous connaissez bien Sydney ?

— Qu'est-ce que vous croyez, Ashe ?

— Non, mais je ne vous vois pas vous promener là-bas à Oxford Street ou à Newton.

— Eh bien vous avez tort ! Je connais très bien ces quartiers gay, j'y ai même été une année au moment de votre Mardi gras. C'était chaud, je peux vous le dire. Mais, au fond, c'est un carnaval comme un autre.

Du coup, j'étais resté interdit et je n'avais pas osé poursuivre sur ce terrain. Elle ne s'était pas contentée de regarder à la télévision le défilé de la *gay pride*, clou de cette semaine sacrée du Mardi gras qui rassemble des milliers d'homosexuels et encore plus de touristes du monde entier dans la capitale de la Nouvelle-Galles-du-Sud. Elle y était allée, ce que n'avaient jamais fait la plupart de mes copains, les *beach boys*.

C'est comme cela que nous avions parlé des Afghans, elle leur enseignait des rudiments d'anglais. Parce que j'avais renoncé à poursuivre sur les gays. Ce jour-là, du coup, j'étais passé à côté de quelque chose.

— C'est scandaleux la manière dont les Australiens les traitent !

— Ce sont de vieilles histoires, Nicole, il faut leur pardonner leurs offenses.

— Sûrement pas, si vous croyez que la politique d'immigration change dans ce pays, vous vous trompez, c'est même tout le contraire. Les Afghans qui s'étaient cousu les lèvres, ça n'a pas fait bouger le gouvernement d'un iota, je crois que beaucoup de gens étaient d'accord avec Ruddock. C'est une honte absolue.

Il y a quelques années, un bateau de réfugiés avait réussi à passer à travers les mailles du filet que constituent les pirates en mer de Chine, les navires militaires, les vents contraires, les cyclones, la soif, les dérives interminables, les requins, les crocodiles et les serpents de mer. Chassés de chez eux par les talibans, ils avaient fini par déjouer tous les pièges. Alors les Australiens les avaient parqués dans un centre d'hébergement pour les entêtés de leur espèce à Woomara. Une sorte de prison en plein milieu d'un désert où, en été, on peut faire cuire un œuf sur le capot d'une voiture. C'est là qu'autrefois le gouvernement avait laissé les Anglais procéder à quelques essais nucléaires, voilà pour l'isolement. Les Afghans avaient entamé une grève de la faim mais tout le monde s'en foutait, personne ne s'était ému, ils allaient être renvoyés dans leur pays sous la burka et les foudres du Coran. Alors ils s'étaient cousu les lèvres avec des aiguilles et du fil. Alors on avait commencé à parler d'eux. Alors le ministre de l'Immigration de l'époque, Philip Ruddock, avait dit qu'il condamnait leur attitude et que leur geste – se coudre les lèvres – était quelque chose qui choquait les Australiens. Nicole continuait :

— Tous les habitants de ce pays ne pensent pas ainsi mais ils sont tout de même une majorité, puisqu'ils ont réélu cet imbécile de John Howard pendant des années.

— Oubliez-le, les choses ont changé…

Je connaissais mieux leur vie maintenant. Les jobs dans le désert, leurs idées politiques – ses idées à elle en tout cas – beaucoup moins conservatrices que celles de la majorité, l'histoire de Perth, les quartiers où ils avaient habité. Mais même quand j'étais seul avec elle je n'osais pas l'interroger sur son mariage ou sur son fils. C'était impossible.

D'autant qu'un soir, avant la tombée la nuit, j'avais de nouveau surpris Rod, le fils. De loin je l'avais deviné à sa carrure. Il faisait de nouveau du scandale, criant contre ses parents, qui visiblement lui avaient refermé la porte au nez ou refusaient de l'ouvrir. Il avait fini par détaler en faisant rugir le moteur de sa moto. C'est ce qui m'avait alerté, comme d'ailleurs d'autres voisins. John et Nicole semblaient s'être barricadés chez eux. Mais en sortant sur ma terrasse j'avais vu un rideau se soulever doucement. Et malgré mes précautions, je crois bien que "Riquette", comme l'appelle Clive, m'avait vu.

C'était d'autant plus gênant que depuis quelques jours, depuis leur parade à Rockingham, des incidents s'étaient multipliés avec les motards. Une bagarre sur le parking de Hillary's, une plage au nord de la ville, en pleine journée. Les vacanciers étaient bien incapables de donner leur signalement ou les numéros de leurs motos. Plus grave, le bâtiment des *life savers* à

Three Rocks, vers le nord aussi, avait été dévasté au cours d'une nuit. Les *lifesavers* sont sacrés. Ce sont ces jeunes hommes en slip de couleur et bonnet assorti, ils surveillent les plages et sauvent des nageurs à longueur d'année. Leurs locaux ne sont jamais fermés à clé. Il n'y a pas grand-chose à voler mais les types, sans doute frustrés de n'avoir pu castagner personne, avaient tout cassé dans un de ces sanctuaires isolés au bout d'une plage. Il n'y avait pas de certitude que ce soient les bikers mais on avait retrouvé des canettes de bière, des traces de pneus de moto et des odeurs d'urine. Je me gardais bien de parler de tout cela avec elle.

Un autre après-midi, après avoir tenté d'écrire quelques lignes en m'inspirant de Li Bai, un poète chinois du VIIIe siècle, j'avais fini par tout envoyer balader. J'avais longé le terrain de cricket où les élèves d'une école répétaient leurs figures énigmatiques. Les tenues plus ou moins blanches, l'ambiance électrique, rugueuse et nonchalante, la grâce de leurs mouvements, tout cela me captivait toujours. Les jeunes lançaient indéfiniment la balle vers le batteur qui tentait de la renvoyer le plus loin possible. Une chorégraphie. Quand la balle s'échappait hors de leur portée, les autres ne se pressaient pas pour aller la chercher. J'en avais ainsi récupéré une au bout du terrain et, quand j'avais voulu la relancer, je m'étais rendu compte à quel point cette balle en cuir était dure comme du bois et probablement dangereuse. Je m'étais promis de rester dorénavant à l'écart de leurs trajectoires.

Au bout du terrain, j'avais commencé à descendre les marches d'un escalier de béton très raide vers la plage minuscule. Je m'étais assis à mi-parcours. C'était complètement abrité du vent d'ouest et le soleil de l'après-midi éclaboussait la Swan River. Des voiliers regagnaient leur marina en gîtant. A côté des rochers, au bas de l'escalier, des cygnes noirs avançaient sur l'eau comme s'ils étaient en celluloïd. Sous le ciel bleu marine, la vallée de la Swan dégageait une sensation de pureté sombre et déchirante.

Je n'avais pas entendu que quelqu'un descendait l'escalier derrière moi. C'était Nicole, elle avait sursauté en me voyant, elle avait rougi. Elle s'était même excusée et puis, sur les rochers de la petite plage, elle avait fini par se détendre.

— Parfois je me dis que j'aurais pu être quelqu'un de bien.

J'attendais qu'elle en dise plus mais je ne voulais pas la pousser.

— J'aurais pu mener la vie de quelqu'un de bien. Mais regardez, ce n'est pas une vie.

— Quelle vie ?

— Avec l'autre qui, depuis des jours, regarde le cricket à la télé. Comme s'il n'en avait pas assez avec tous ces jeunes qui s'entraînent devant la maison.

— Vous n'aimez pas le cricket ?

— C'est le jeu des garçons, c'est leur manière à eux de nous tenir à l'écart.

— L'affaire Jim Carlson, qu'est-ce que vous en pensez ?

— Rien, mais alors rien du tout, ça va retomber comme un soufflé...

— Et votre fils, Nicole, il aime ça aussi ?

Elle s'était arrêtée instantanément comme si d'un coup, d'un mot, je lui avais coupé le souffle. Je venais de franchir la ligne jaune. Elle avait détourné les yeux et elle avait dit d'un ton sec :

— Il a toujours détesté ça. Cette passion, son père… Il est encore capable de se battre à cause de ça.

J'avais eu encore envie de l'interroger sur d'autres sujets dont tout le monde parlait comme les incidents avec les bikers, mais c'était évidemment impossible et je sentais que je ne pourrais plus aborder cela avec elle avant longtemps. Nous étions remontés vers les maisons sans rien dire. Nos phrases maladroites s'étaient perdues dans le ronronnement brutal de plusieurs motos.

VIII

CRICKET PSYCHO

En réalité, l'affaire Jim Carlson n'a pas cessé de monopoliser la une de l'actualité dans les jours qui ont suivi. Le cricket australien a soudain été atteint d'une maladie grave, une sorte de dépression nerveuse. La mort de Carlson a en effet été suivie d'autres décès suspects. Aussi bien chez de jeunes joueurs parfaitement inconnus que chez des stars.

Tout le pays a été saisi de psychose même si c'est en Western Australia, dans l'Ouest isolé du pays, que se déroulaient les événements. L'empoisonnement de Carlson, par le mystère qu'il dégageait, par l'échec de la police et des autorités à avancer dans l'enquête, faisait surgir au grand jour des histoires qui, sans cela, seraient restées dans l'ombre. Notamment toutes les affaires de dopage et de paris truqués. Mais les joueurs, les sportifs, les amateurs, les buveurs de bière, les racistes, les intellos, les ploucs et le gouvernement – surtout le gouvernement – ne voulaient pas qu'on touche à la pureté originelle de ce sport. C'est avec lui qu'ils avaient été élevés, c'est à travers ses valeurs que leurs maîtres leur avaient enseigné une morale. C'est dans la pureté de ses tenues blanches qu'ils avaient connu leurs premiers émois et leurs premières sueurs. Ce territoire de leur enfance, ils ne voulaient à aucun prix qu'on le piétine à coups de révélations crapuleuses sur des choses aussi sales que l'argent, le sexe ou la drogue.

Quand, à l'été 1998, l'affaire Festina a éclaté au grand jour en Europe, des millions d'hommes et même de femmes n'ont pas supporté que l'image du Tour de France – les cyclistes en plomb sur la plage, le duel Anquetil-Poulidor, la caravane, Hinault, Yvette Horner et l'arrivée des étapes à la radio – soit écornée le moins du monde par une dérive sordide. Pas touche à mes souvenirs. En Australie, avec le cricket, cela se compliquait encore parce que le sport n'est pas seulement un souvenir d'enfance, pas seulement une religion quotidienne mais c'est aussi l'un des piliers du système. Ce Carlson venait bien mal à propos.

Ils ont continué à en parler pendant des jours et des jours et pas seulement pour la mort de ce joueur emblématique. En Europe, on n'en savait probablement rien car personne ne parle jamais du cricket, même dans *L'Equipe* alors que les résultats des grands matches passionnent plus d'un milliard d'habitants de cette planète. Je ne parle pas de la seule Australie ou de l'Angleterre mais il y a l'Inde, le Pakistan, toutes les anciennes colonies britanniques. Pas une ne manque à l'appel dans cette passion incompréhensible au reste du monde. Et ces millions d'amateurs ont été au courant de ce qui s'est passé ces mois-là à Perth et dans sa région.

Pourtant, à y regarder de près – et dans les semaines qui ont suivi, je n'ai rien manqué, soudain repris par cet instinct, cette curiosité pour l'irrationnel, cette attirance pour les faits divers étranges –, ce n'était sans doute rien d'autre que l'expression de la folie moderne, de la réussite et du sport-spectacle. Dopage + argent + business = quelques morts. Mais que sont-ils par rapport à tout le reste ?

En tout cas, quand Sean Vitelli a été saisi d'un malaise en plein match à Fremantle, une semaine avant les fêtes, entre l'équipe de Melbourne et une autre sélection d'Australie-Occidentale, tout le pays a cru que l'affaire Carlson recommençait et que les vraies valeurs de l'Australie s'effondraient. Vitelli est tombé, il est resté trois jours dans le coma. La télé, la presse, le café du Commerce, plus personne ne parlait d'autre chose. Et puis le joueur d'origine italienne est sorti du coma. On lui avait fait des analyses sanguines. Et dedans il y avait à peu près tout ce que peuvent prendre les gladiateurs modernes : hormones de croissance, EPO, cortisone, antidouleurs et anabolisants. Vitelli avait déjà trente-trois ans et un peu de mal à soutenir le rythme pourtant modéré de la compétition. Il était présélectionné pour la Coupe du monde. Il avait peur qu'on ne le garde pas dans l'équipe *aussie*. Il a d'ailleurs ensuite tout avoué et il a été sanctionné.

Les Australiens s'étaient fait peur à bon compte, cela n'allait plus arrêter. A quelques mois de la Coupe du monde, alors que l'Australie devait défendre son titre, personne ne voulait de ce déballage, et tout le monde déballait. D'autant que depuis, entre la mort de Carlson en plein match et l'effondrement de Vitelli au milieu d'un stade, d'autres affaires de moindre importance avaient resurgi. On se rappelait qu'un junior de Brisbane était mort d'un arrêt du cœur dans son sommeil, qu'un autre, du Territoire-du-Nord, métis aborigène, agonisait d'un cancer des testicules, etc. Tout cela alimentait la psychose mais ce n'était sans doute rien d'autre que quelques excès, quelques décès, beaucoup moins nombreux que chez les jeunes cyclistes ou les jeunes footballeurs européens.

L'effroi gagnait. Vitelli avait avoué s'être dopé mais Carlson avait bien été empoisonné, personne ne savait pourquoi, personne n'y comprenait rien, le trouble persistait et la psychose enflait.

Il y eut même une revendication fantaisiste. Un texte en lettres découpées dans des journaux, adressé à un quotidien, le *West Australian.* Un texte assez incohérent d'où il ressortait, avec des fautes d'orthographe, que son auteur n'aimait pas les Noirs, les gays et le gouvernement. Ni le sport. Pas de signature, impossible de savoir s'il s'agissait d'un individu dérangé ou d'une plaisanterie.

Toutes les hypothèses ont été évoquées à un moment ou un autre par la presse, pas gênée. Les journaux aimaient particulièrement l'hypothèse terroriste. Dans un pays qui avait été peu touché jusqu'alors par les attentats, on aimait bien jouer à "hou, hou, faismoi peur" ! Les clichés s'alignaient les uns à la suite des autres et les mauvais instincts – racisme, homophobie – ressortaient. La folie qui avait saisi le cricket, avec ses commentaires collatéraux, agissait comme un puissant révélateur.

C'est dans cette ambiance délétère, qu'un soir, très tard, j'ai entendu frapper vigoureusement à ma porte. Je n'étais pas très rassuré mais j'ai tout de suite reconnu Clive.

— Ouvre-moi, s'il te plaît…

Sa voix était suppliante avec une nuance de peur que je n'aurais jamais soupçonnée. Il s'est effondré sur le canapé. Mais aucune pensée impure ne m'a effleuré. Il était très pâle, ce qui pour un Noir donne une couleur verdâtre, très déplaisante. Il avait une estafilade sur la joue et son tee-shirt était déchiré.

— Qu'est-ce qui s'est passé ?

— S'il te plaît, donne-moi un whisky…

Quand il a été un peu remonté et calmé il m'a tout raconté en détail, sans omettre qu'il était en train de draguer cette nuit-là, à cet endroit-là. Les bikers avaient encore frappé. Cette fois, la cible n'avait pas été choisie au hasard. Et cette fois il y avait des victimes.

Clive, heureusement, avait réussi à leur échapper.

IX

ATTAQUE EN PIQUÉ

La cible était évidente mais les motifs confus dans les explications de Clive et sans doute aussi dans son esprit. Il avait vraiment eu chaud parce que d'autres garçons qui se trouvaient ce soir-là près des *change rooms* de Swanbourne étaient maintenant transportés en ambulance à l'hôpital de Fremantle avec des blessures ouvertes à la tête ou des membres cassés.

Ashe n'avait jamais rôdé par là à la nuit tombée, il ne se doutait pas que la drague marchait si bien, si tard. Clive, si. Il aimait bien l'obscurité chaude, à tous les sens du terme, les silhouettes hésitantes le long des murs du *Swanny Reef Café* – les *change rooms* étaient fermés à clé à cette heure-là –, les rougeoiements de cigarettes, les approches dans l'ombre, presque à l'aveugle. Les frôlements, l'insécurité, la surprise, les caresses furtives dans le jardin qui borde le parking, l'odeur du désir dans l'atmosphère desséchée, juste avant les dunes. Ou juste après si les types, enfin décidés, partaient ensemble pour un tour vite fait dans la nature sauvage au milieu des ombres des mulgas et des grandes herbes jaunies. Des serpents endormis aussi, qu'il ne fallait surtout pas déranger.

Prudent, Clive avait laissé sa vieille BMW à Cottesloe et ce soir-là il se contentait de regarder les autres voitures arriver sur le parking en cul-de-sac. Enfin c'est ce qu'il avait dit à Ashe. Lumières éteintes ou juste les veilleuses, elles roulaient sans bruit, tournant et ressortant aussi discrètement, par timidité ou par déception. Le doute, l'indécision, le claquement des portières dans l'atmosphère encore tiède.

Le parking est une voie sans issue, le parking est donc un piège, tous allaient en faire l'expérience ce soir-là. En général les gars ne redoutent qu'une arrivée discrète de la police dans une voiture banalisée et éteinte comme les autres.

Cette nuit-là, la descente fut si rapide que la plupart n'eurent pas le temps de s'échapper. La meute a fondu sur eux comme un essaim de guêpes attirées par le miel. Sans doute une vengeance ou un règlement de comptes interne, les bikers n'aiment pas que l'un d'entre eux fréquente un lieu pareil. L'un des dragueurs était en effet un motard. Il était arrivé à pied lui aussi jusqu'au café, il avait sans doute laissé sa moto aux dernières villas qui bordent le rivage. Il voulait sûrement être discret mais c'était difficile avec son cuir, son jean, les piercings, la barbe en broussaille, enfin ce qu'en voyait Clive qui l'observait alors que l'homme tentait de trouver son bonheur dans l'ombre. Clive qui l'aurait bien approché mais qui se retenait à cause de l'accoutrement, de l'allure, de tout ce que représentait ce type-là, avec son blouson siglé sans manches. Il le portait sans tee-shirt, sur des muscles tatoués et gonflés à la gym et aux hormones. C'était pour le punir de rôder là que ses copains étaient venus en force. En tout cas leur prétexte.

A cause de ses hésitations et de ses interrogations, Clive ne les avait pas vus venir. Le motard esseulé draguait un type plus âgé qui fumait une cigarette, adossé au mur des vestiaires, près de l'escalier. Et cela avait sauvé Clive car c'est vers le motard qu'ils avaient foncé tout de suite. Ils étaient arrivés lumières éteintes, moteur au ralenti, profitant de la pente de la route. Une demi-douzaine maximum mais ils donnaient l'impression d'être beaucoup plus. Aussitôt débarqués sur le parking, ils avaient rallumé leurs phares et poussé les moteurs. Mais ils n'avaient pas eu un moment d'hésitation, ils visaient le gars. La meute l'avait renversé et sans même descendre de moto l'un d'entre eux lui avait arraché son blouson du club, un trophée dont ils le dépossédaient, comme un attribut précieux qu'ils se réappropriaient.

S'ils visaient en premier le motard, maintenant étendu torse nu, face contre terre, ils ne s'étaient pas gênés pour infliger des dégâts collatéraux. Ils avaient foncé dans le tas, sur les silhouettes qui se découpaient sur l'asphalte et les murs, qui tentaient de leur échapper. Certains, assis sur la selle arrière, étaient armés de battes de base-ball et n'hésitaient pas à frapper tout ce qui passait à leur portée. Clive, juste avant qu'il ne plonge pour se mettre à l'abri entre deux voitures, avait vu tomber l'homme à la cigarette, appuyé contre le mur. Quand le type avait reçu un coup de batte, Clive avait eu l'impression que la tête éclatait comme un fruit pressé, que le sang giclait. L'homme ne s'était pas relevé.

Les bikers ne s'étaient pas contentés de cette expédition punitive sur leur copain et celui qu'il draguait. Le goût du sang, la volonté de faire mal, leur frustration face à ces gays qui ne se cachaient pas, c'est tout cela qui les animait. Ils avaient alors commencé un carrousel infernal sur le parking, dans un bruit de ferraille et de soupapes déchaînées, en tentant d'atteindre avec leurs engins les ombres qui bougeaient encore. Le sol balayé par la lumière dansante de leurs phares laissait maintenant apparaître des éclats de verre et des coulées d'essence. Mais aussi des corps allongés qu'ils évitaient à peine. Quand il n'y eut plus rien à cogner, plus de pédés à démolir, ils s'en étaient pris aux voitures, garées là malencontreusement ou qui n'avaient pas réussi à sortir du parking à temps. Ils avaient encore frappé, cabossé, éclaté des parebrise, décroché des pare-chocs qui jonchaient maintenant le sol. Et pour faire bonne mesure ils avaient aussi défoncé les tables de pique-nique et les bancs du jardinet qui longe la plage.

Clive avait réussi à se planquer. Mais il ne pouvait s'échapper vers les dunes où la plupart des autres avaient précipitamment couru car il aurait dû franchir un long espace découvert. Il s'était glissé sous une voiture un peu à l'écart, il avait déchiré et maculé son tee-shirt et s'était entaillé le visage sur un caillou coupant. Ainsi caché, il était hors d'atteinte mais il pouvait encore observer.

Les bikers, forfait accompli, s'apprêtaient à partir avant l'arrivée de la police, ils tournaient au ralenti sur la scène de leur dernière représentation lorsque deux mecs qui avaient dû se cacher dans la remise du café avaient tenté de fuir par l'escalier, vers le parking supérieur. Clive avait vu distinctement le pilote d'une des motos au moment où il apercevait les deux fuyards. Il avait mis les gaz à fond et filé dans leur direction, escaladant les marches, renversant les deux types et leur balançant un grand coup de botte dans la gueule au passage. Arrivé en haut de l'escalier, debout sur les pédales, il avait poussé un grognement de triomphe et fait hurler une dernière fois son moteur pour rattraper ses copains par en haut. Les pinceaux des phares s'étaient tous rejoints à cet endroit-là et le bruit des motos s'était perdu indéfiniment dans l'atmosphère encore surchauffée, au cœur de la nuit.

Clive avait d'abord dû faire un grand détour par la plage pour être sûr de ne pas rencontrer un attardé. Puis, pris de remords avant de regagner sa voiture, il était revenu au parking pour aider les secours à ramasser les corps étendus sur le sol. Il était discrètement remonté par l'escalier au moment où la police débarquait. La messe était déjà dite depuis longtemps.

Quand il avait sonné à la porte d'Ashe, il était déjà deux heures passées.

X

JOHN RICKY VA PEUT-ÊTRE MOURIR

A partir de ce moment-là, pour moi, l'été a changé de ton. Au-delà de la psychose générale qui finit toujours par nous atteindre qu'on le veuille ou non, des événements se produisaient maintenant à la périphérie immédiate de ma vie. Il m'était impossible de les ignorer et de m'en tenir à distance. Ainsi je me suis retrouvé sans le vouloir dans l'œil du cyclone. J'aurai dû me poser une seule question : était-ce vraiment par hasard ?

Pendant deux jours, je n'ai pas revu Clive. Je pensais que la manière dont je l'avais réconforté après l'attaque des motards contre les gays nous aurait rapprochés. Ce ne fut pas le cas. Je m'étais pourtant contenté de le laisser parler très tard cette nuit-là – je sais me tenir quand même. Il m'avait fait quelques confidences. Confidences que j'aurais sans doute préféré ne pas entendre sur sa vie, ses amis, ses amants. Sans doute pensait-il qu'il m'en avait trop dit. Je ne l'ai pas aperçu une seule fois pendant les deux jours qui ont suivi.

Pendant ce temps, les journaux et les télés ne parlaient plus que des bikers. Leurs exactions prenaient maintenant des allures de véritable guérilla, ce qui était quand même loin d'être le cas. Mais, quand la machine médiatique s'emballe, elle devient impossible à arrêter. Et les motards, dans l'Australie-Occidentale en plein boom économique – alors que tous les habitants pensaient que la vie était belle et qu'ils allaient devenir riches –, les motards étaient devenus le symbole du grain de sable qui pouvait enrayer complètement la mécanique. Alors que, à mon sens, ces types ne cherchaient qu'à obtenir par la force et l'intimidation la plus grosse part du gâteau.

Et puis un soir, à l'heure où j'essayais de travailler et où John arrosait d'habitude son jardin, j'avais entendu Nicole Ricky, cette femme si discrète, crier. Elle appelait : "Ashe, Ashe..." et quand j'avais regardé par la fenêtre elle frappait déjà à ma porte. Je me suis tout de suite douté que c'était grave parce que ce n'était pas du tout dans ses manières de surgir ainsi à l'improviste et encore moins de forcer la porte de ma maison. Clive aussi était sorti dans son jardin, il avait encore un pansement sur la figure. Je l'ai tout de suite appelé :

— Viens nous aider.

J'avais deviné que Clive serait beaucoup plus efficace que moi, je ne suis pas très bon pour jouer les secouristes, je n'ai jamais été scout.

C'était la première fois que je pénétrais dans la maison du couple puisque nous ne bavardions que dans le jardin. La banalité du lieu m'a tout de suite frappé. Je m'étais attendu que l'originalité de leur comportement se traduise, d'une manière ou d'une autre, dans leur mobilier. C'était tout le contraire, plutôt sans caractère, comme s'ils étaient là de passage. Ce qui était peut-être le cas, après tout.

John était étendu sur le sol, tout le corps appuyé contre le bas du canapé. Il respirait difficilement et son visage était rouge violacé. La télé était allumée et diffusait des images de cricket sur la chaîne 9. Le soleil entrait abondamment dans la pièce. Nicole avait ouvert les fenêtres en grand quand elle avait cru qu'il s'asphyxiait. Alors, toute la maison paraissait très claire, contrairement à l'aspect sombre qu'elle donnait de l'extérieur. Les images de l'écran se voyaient à peine à cause de la luminosité. Mais le son, beaucoup trop fort, les commentaires, les exclamations de la foule, tout cela paraissait indécent. J'ai foncé sur la télécommande pour faire cesser le bruit. Clive était déjà penché sur Ricky et lui parlait doucement. J'ai d'abord pensé, sans doute à cause de la position du corps, qu'il avait été frappé par-derrière, que l'Australien avait été agressé, qu'il devait saigner.

Ce n'était pas le cas, je m'en suis rendu compte tout de suite quand j'ai aidé le beau Malais à le mettre sur le dos et à lui glisser des coussins sous la tête. Ricky résistait, comme si cette nouvelle position l'empêchait encore de respirer. Sa femme restait plantée à côté du canapé, elle ne disait plus un mot, une froideur même. Je relayais Clive qui téléphonait déjà à une ambulance. Clive avait pris l'affaire en main et il semblait agacé de l'inutilité de Nicole.

— Donnez-moi de l'eau fraîche, de l'eau de Cologne et des serviettes.

Il n'avait probablement aucune expérience d'une telle situation mais il faisait comme si.

— Respirez doucement, ne vous forcez pas.

Il lui donnait le rythme, il tentait de ralentir le halètement de Ricky. J'ai demandé bêtement, alors que Nicole était montée à l'étage :

— Mais qu'est-ce qui s'est passé ?

A ce moment-là, John a dû perdre connaissance. Le sang qui avait afflué à son visage semblait maintenant le quitter et il ne restait plus que la pâleur teintée de mauve autour des yeux, c'était affreux. Clive en a profité pour me répondre :

— Elle m'a dit que c'était à cause de Rod, que c'était lui qui l'avait mis dans cet état.

— Rod ?

— Leur fils, j'ai aperçu sa moto tout à l'heure. Maintenant on sait au moins comment il s'appelle.

Nicole est redescendue avec le nécessaire. Elle s'est contentée de tendre les différentes choses l'une après l'autre quand Clive lui demandait. Il lui a d'abord passé un linge humide et froid sur le visage, dans le cou et sur le torse. Il avait ouvert sa chemise en coton à carreaux. Ensuite il lui a frotté vigoureusement le visage et les tempes avec de l'eau de Cologne. Je l'aidais comme je pouvais. Ricky semblait respirer encore mais son souffle s'affaiblissait lentement et il avait des sursauts réflexes qui nous impressionnaient tous les deux. Nicole restait à côté de nous, sans rien dire, sans rien faire. Je n'ai pas vraiment eu le temps de l'observer mais quand je me suis retrouvé seul, après, dans la maison vide, et que j'ai tenté de me remémorer la scène, je la voyais là, à côté de nous, avec une expression de dureté ou peut-être d'égarement sur le visage. Elle ne disait rien mais ce n'était pas comme si la peur la paralysait, c'était tout autre chose. Je commençais à me dire que Ricky allait mourir entre nos bras mais la pièce s'est soudain remplie.

Tout s'est passé très vite. Le masque à oxygène, le brancard, la couverture isolante, les gestes précis. Tout à coup nous étions rejetés sur le côté, nous étions devenus des spectateurs inutiles. Nicole s'est penchée vers Clive, elle parlait bas mais dans le calme revenu – les pompiers agissaient dans un silence seulement rompu par les petits chocs du matériel sur le plancher ou contre leurs vêtements – je l'ai entendue dire :

— Je n'y vais pas, je ne veux pas.

— Mais vous devez y aller, il n'y a pas d'autre solution.

— Non.

— Ils ont besoin de quelqu'un, l'identité, les renseignements, tout ça…

— Alors venez avec moi, Clive.

— D'accord.

Et puis tout a été fini. Je me suis soudain retrouvé seul en train de refermer derrière moi la porte de la maison des Ricky. Un voisin avait eu le temps de sortir de chez lui, un septuagénaire. J'ai été très vague. Je n'étais même pas resté quelques minutes après eux, je n'avais pas osé. Après, j'ai regretté ma timidité. Mais peu importe, j'avais compris que toute la maison, son atmosphère, sa décoration, ses couleurs, tout était trop neutre pour m'apprendre quoi que ce soit.

J'ai descendu le perron et j'ai pris ma voiture pour les rejoindre à l'hôpital et voir si je pouvais me rendre utile. Ce n'était pas le cas mais j'ai quand même attendu et je ne suis revenu que trois heures plus tard à Preston Point Road après avoir fait un grand tour sur le port des yachts de Freo pour me changer les idées.

Quand j'avais quitté le quartier après l'intervention des pompiers, je n'avais rien remarqué d'anormal mais j'avais l'esprit ailleurs. C'est pourquoi je suis bien incapable de dire si le drame sur le terrain d'à côté a eu lieu avant, pendant ou après le malaise de John Ricky. Le drame, en effet, s'était passé le même jour dans l'après-midi. Cela, j'en suis sûr. Pour le reste je ne peux rien garantir. Je n'y ai pas assisté, Clive non plus. Ce que je sais, je le tiens des témoignages de voisins qui, eux-mêmes, n'ont pas forcément vécu l'événement. Ils m'ont immédiatement mis au courant quand je suis rentré. Ils étaient dans la rue, ils voulaient parler. Ils racontaient l'histoire tous ensemble, j'avais du mal à comprendre. Dans le soir finissant, mon statut d'étranger devait me conférer un rôle de témoin objectif. J'étais secoué et excité à la fois. Entre le malaise de John et ce nouveau fait divers près de chez nous, mon esprit bouillonnait.

Comme commençait à bouillir toute l'agglomération de Perth et de Fremantle. Mais ce n'était peut-être au fond qu'une explosion due à la surchauffe de l'économie flamboyante, à la nouvelle ruée sur les matières premières dont cette région regorge, au boom immobilier et à la frénésie boursière. Le capitalisme triomphant.

XI

LITTLE BALLS

Il devait donc être cinq heures de l'après-midi à peu près. Les terrains de sport de l'autre côté de Preston Point Road étaient pleins de mômes et d'adolescents. Les adultes n'avaient pas encore regagné les banlieues comme celle d'East Fremantle. Il y avait donc ces jeunes dans un grand bordel apparent, comme d'habitude. Et quelques promeneurs qui les regardaient s'entraîner. Mais pas beaucoup. Des promeneurs de chiens, des retraités, peut-être un ou deux chômeurs.

Les jeunes étaient nombreux. La tenue blanche des cricketers se détachait sur l'herbe jaunie par la fournaise écrasante de la fin d'été. Ils transpiraient sûrement mais le vent de la mer, le fameux Dr Fremantle, rendait la chaleur supportable pour des sportifs habitués à jouer au soleil. Qui commençait déjà à décliner au-dessus des docks du port de Fremantle et de ses énormes cargos sagement rangés le long des quais. Les enfants, les jeunes, les écoliers, les étudiants ne voyaient pas tout cela, tout ce décor lumineux et trop net.

Il y avait beaucoup de monde sur et au bord des pelouses et tous prenaient avec beaucoup de sérieux leurs exercices d'entraînement. Ils étaient concentrés, voilà. Il y avait le rugby et ses mouvements désordonnés. Il y avait le tennis avec ses cours en groupes plus restreints et les joueurs répartis par deux ou trois dans chaque moitié de terrain, comme des pions dans le damier d'un immense jeu de société.

Et il y avait les équipes plus compactes et apparemment moins mobiles, celles des joueurs de cricket. Les lanceurs paraissaient inoccupés, vacants, sauf quand l'un d'entre eux réussissait une reprise de volée. A ce moment-là, ils sortaient de leur apparente léthargie pour se frapper dans les mains, face à face, bras levés. Leurs opposants, les batteurs, répétaient indéfiniment le même swing avec leur instrument et s'agitaient entre les cages grillagées. Comme la balle de cuir est très dure, les jeunes batteurs, ceux qui la recevaient à pleine vitesse, portaient des casques et des protections sur les jambes. Pas ceux qui étaient censés rattraper la balle en plein champ, au milieu du terrain. Le mieux, pour eux, était donc de la saisir en plein vol avec leur gant spécial ou de laisser le projectile sortir des limites du *cricket ground.*

C'est un de ces jeunes joueurs de champ qui est tombé. Personne n'a vraiment vu comment. Une balle l'avait atteint par surprise, l'empreinte a été trouvée plus tard sur l'arrière de son crâne qui n'était pas protégé.

Au début, il ne s'est rien passé. Beaucoup d'adolescents ne se sont aperçus de rien. Mais les gars de la même équipe se sont approchés de lui et ils ont vite senti que quelque chose de grave s'était produit. La psychose qui avait saisi le pays peu auparavant avec la mort de Jim Carlson les rendait forcément sensibles à tout accident. De là à considérer le cricket comme un sport dangereux, il n'y avait qu'un pas, que personne ne franchissait encore. Mais plus d'un joueur avait maintenant quelques frissons au moment d'entrer sur un terrain.

Les copains du môme ont commencé à s'affoler dans la chaleur statique. Personne n'y comprenait rien. D'où venait la balle ? De quelle balle s'agissait-il ? Rien que pour cette partie, trois ou quatre projectiles identiques traînaient au sol. Le garçon inanimé a été porté par ses amis au bord de la pelouse. L'un des entraîneurs avait déjà prévenu la police et les pompiers et c'est seulement lorsque tous leurs véhicules surmontés de gyrophares sont arrivés, que l'activité sportive s'est arrêtée tout autour. Tous chuchotaient, se rapprochaient, les retraités sortaient de leur maison, la Swan River n'existait plus en dessous. Tout le quartier était saisi d'une peur impalpable, d'un sentiment partagé, d'une douleur identifiable. Un effroi plus accablant encore à cause du ciel bleu, trop pur et trop dur.

L'adolescent était mort sur le coup.

L'un des flics avait eu la bonne idée de ramasser tous les instruments de jeu des uns et des autres et tout ce qui traînait sur le terrain.

Le soir même, la télé annonçait que l'une des balles trouvée, probablement celle qui avait porté le coup mortel, n'était pas en caoutchouc compressé mais en bois. De la même taille, de la même circonférence, de la même apparence, avec la même enveloppe de cuir rouge surpiqué. Une fausse balle, une de celles qu'on vend pour la décoration.

Le soir même, l'enquête démarrait.

Le soir même la Western Australia s'enfonçait encore un peu plus dans l'hystérie.

Le gamin s'appelait Philip et il venait d'avoir quatorze ans.

Ashe a tenté de contacter Ange pour savoir si la police en savait un peu plus. Malheureusement le commissaire Cattrioni était trop occupé depuis la nuit précédente par un nouvel incident avec les bikers. Cette fois ils avaient sévi à Northbridge, le quartier des boîtes de nuit. Des vitrines avaient volé en éclats, les boutiques des commerçants asiatiques avaient été pillées. Les images des magasins dévastés s'ajoutaient à l'affaire du môme assassiné et succédaient à celle du parking de Swanbourne ravagé après l'attaque contre les gays. Tout cela passait en boucle sur toutes les chaînes de télé et contribuait à donner de Perth l'image d'une ville en guerre. Les habitants n'en croyaient pas leurs yeux et dans mon quartier plus personne n'osait se rendre au centre. Personne, dans toute l'Australie, ne comprenait ce qui avait pu provoquer, à la veille de Noël, cette folie au Far West australien.

XII

SURPRISE-PARTY

Cette première partie d'un été de folie s'est achevée juste avant Noël par une soirée chez Clive. J'y suis allé sur la pointe des pieds.

Clive est un garçon qui mélange énergie, culot et candeur. Il en fallait pour organiser une telle fête de voisinage à ce moment-là, alors que Noël risquait d'être gâché par les affrontements avec les bikers et par le terrible fait divers, juste à côté, sur le terrain de cricket. Le soir de son cocktail il est parvenu à ce qu'on ne parle pas seulement de ce déchaînement de violence, de toute cette hystérie. Il s'est montré d'une générosité totale.

La fête avait lieu dans son jardin. La maison est banale avec des balcons de fer forgé. A oublier, sauf sa situation. Comme les deux autres, la vue donne vers les buildings du centre-ville avec la rivière étincelante pour décor. Et bien sûr vers les terrains de sport.

Ils étaient une vingtaine ce samedi-là, chiens compris, deux kelpies. J'avais mis mon nouveau chapeau, un couvre-chef d'arbitre de cricket, blanc évidemment, ce qui semblait déroger à ma règle. Mais j'avais réussi à en trouver un dont la doublure du rebord était rouge carmin, cela se voyait par en dessous. Une curiosité. Cette histoire de chapeau rouge me suit depuis quelques années, précisément depuis que j'ai résolu, près de la Grande Barrière de corail, une affaire qui s'est soldée par la mort d'un truand gay dont j'ai récupéré le magot. Pour moi c'est une chance qui a changé ma vie. Or ce jour-là je portais un bob rouge et j'ai émis le vœu de ne plus jamais me séparer d'un couvre-chef de ce genre.

Tout le monde est arrivé timidement, personne ne se connaissait vraiment, mon ami malais n'est pas installé depuis longtemps dans ce quartier. Après non plus, je ne pense pas qu'ils se connaissaient mieux. Il y avait deux familles avec un nombre indéterminé d'enfants, les deux chiens, un voisin seul et septuagénaire, d'autres encore. Les émeutes et la mort de l'adolescent que certains connaissaient un peu plombaient l'ambiance mais Clive a su la détendre.

Il avait bien fait les choses. Il s'agissait d'une sorte d'apéritif où le salé et le sucré, la bière et le cabernet sauvignon, les légumes frais et le cheese-cake se mélangeaient allègrement. J'avais apporté une pavlova, ce que personne n'avait osé, trop australien. La pavlova est une sorte de clafoutis à la crème avec des fraises dessus, un cliché, mais un bon. Tout le monde s'est bien tenu à part un des papas qui est reparti en vacillant sous le coup de la chaleur et du vin blanc. Il a même embrassé Clive sur la bouche en lui disant au revoir. Ceux qui l'ont vu ont simplement ri. En réalité, c'était un petit tour de force d'avoir réussi à mélanger des gens aux centres d'intérêt si différents.

J'intriguais ce voisinage hétéroclite. Je n'ai pas fait grand-chose pour me rendre sympathique. J'étais venu pour Clive en espérant que la période de Noël serait propice à un rapprochement décisif. Je n'avais aucune envie de me faire de nouveaux amis parmi les voisins – trop *middle-class*, surtout préoccupés de barbecues, de *footy* et de quelques autres banalités de ce genre. D'ailleurs peu importe, ces gens étaient et n'ont jamais été que des figurants muets rejetés dans les marges de l'histoire, dans la bordure du décor.

Cela n'enlevait rien au mérite de Clive. C'était lui qui présentait, souriait, tenait l'ambiance à bout de bras. J'avais appris, la nuit de l'attaque des bikers, qu'il s'occupait d'une école de théâtre subventionnée par la mairie de Fremantle. Mais il n'avait invité aucun de ses collègues ou de ses élèves. C'était juste une fête de voisinage.

Sans moi, Clive ne serait sans doute pas parvenu à décider Nicole Ricky. C'est moi qui l'ai débusquée. Elle s'était préparée mais elle n'arrivait pas à venir, comme paralysée. Quand j'avais surgi sur son perron, elle avait fondu en larmes. Elle ne voulait plus. Pourtant elle s'était coiffée, habillée d'une robe sombre et élégante, elle était prête. Mais rien à faire, elle avait failli me claquer la porte au nez.

Nicole était paniquée, elle ne s'imaginait pas, mais alors pas du tout, au milieu de cette vingtaine de personnes. Etait-elle toujours comme ça ? Etait-ce à cause de la maladie de John, toujours à l'hôpital ? Craignait-elle qu'on ne lui pose des questions sur son mari ?

Je l'avais littéralement tirée. Et c'est ainsi, bras dessus bras dessous, que nous avions franchi le court chemin vers la maison du voisin. Les invités avaient vu débarquer ce couple improbable du mystérieux Français, grand et dégingandé, au chapeau d'arbitre au revers rouge, et de la vieille Australienne un peu sèche, avec cette silhouette sportive qu'elle ne parviendra jamais à perdre complètement. Et nous nous sommes fondus dans le décor.

Clive n'en revenait pas. Jusqu'au dernier moment, il avait cru qu'elle ne viendrait pas, qu'elle n'oserait pas, malgré toute la diplomatie qu'il avait su déployer. Et après, tout le monde a oublié, tout le monde nous a oubliés.

J'en ai profité pour demander à Clive des nouvelles de John, je commençais à prendre cette affaire à cœur. Quand je passais chez ma voisine, elle me disait que son état était stationnaire, c'est ce qu'on lui disait au téléphone car elle n'allait pas le voir. Et puis un jour, le troisième ou quatrième après la chute de Ricky, Clive était passé pour lui dire qu'il allait à l'hôpital et qu'il lui proposait de l'emmener en voiture. Ce que, par parenthèse, je n'avais jamais fait. Nicole, cette fois, n'avait pas osé refuser, elle était montée dans la vieille BMW du Black.

— C'est incroyable ce qu'elle m'a paru distante. Les médecins étaient surpris qu'on ait laissé Ricky seul, ainsi.

Après, Clive s'était rendu souvent à l'hôpital. Il avait fini par savoir que son aventurier de voisin avait eu une petite attaque cardiaque sans gravité et un total effondrement nerveux. Parfois Nicole l'accompagnait. La visite ne durait jamais longtemps.

— Et Rod, le fils, il est venu ?

— Bien sûr que non… Mon idée, a-t-il ajouté, c'est que leur fils n'est pas son fils.

— Qu'est-ce que tu entends par là ?
— Que ce n'est pas son fils à lui.
— Qu'est-ce que tu racontes ?
— Si, si, tu verras, j'ai raison.

Il a seulement souri et il s'est tourné vers les terrains de sport. Les joueurs de cricket ne s'entraînaient pas. Depuis le meurtre de l'adolescent, les entraînements avaient complètement cessé. Tout se mélangeait, les meurtres du cricket et les attaques des bikers, pour accroître la psychose. Les rares endroits où le jeu avait repris – pour les équipes professionnelles – étaient entourés de forces de police. La télé tentait de les montrer le moins possible pendant les matches mais, rien à faire, cette fois-ci les spectateurs ne voulaient plus venir au stade. Comme s'il y avait une menace sur toutes les équipes, les fans, l'esprit du jeu et le pays tout entier.

Le quotidien *West Australian*, comme les autres, parlait beaucoup de l'enquête sur le jeune cricketer assassiné qui n'avançait pas d'un pouce. L'homme qui avait fait cela – personne n'évoquait jamais la possibilité que ce fût une femme, un réflexe culturel sans doute – avait disparu sans laisser la moindre trace. Ni sur les bords du terrain, ni sur la balle qui n'avait gardé aucune empreinte. Elle avait sûrement été lancée par une main gantée, un de ces gants que portent beaucoup de joueurs. Trop facile. Et c'est d'ailleurs cela qui augmentait l'inquiétude, cette impression d'impunité.

Je dégustais une tartine de Vegemite, cette crème brune, inventée juste après la guerre pour redonner de la vigueur aux petits Australiens. Aucun étranger normalement constitué ne peut survivre à cette mélasse sombre au goût de foie de morue. Clive m'a dit :

— C'est drôle, je le pense vraiment pour le fils.

— Pourquoi ?

— D'abord il ne lui ressemble pas.

— Ça ne veut rien dire, rien du tout.

— Et puis c'est toujours elle qui en parle. Je n'ai jamais entendu Ricky évoquer même son existence.

— C'est comme dans une pièce de Nathalie Sarraute qui s'intitule *C'est beau*.

— De qui ?

Je lui ai expliqué. Ce n'est sans doute pas le genre de théâtre que Clive enseigne à ses élèves, ni le genre de pièces qu'il a pu jouer auparavant, du temps où il avait eu un petit succès dans les cafés-théâtres, avant d'être prof.

— L'histoire d'un couple qui ne peut plus parler chaque fois que son fils apparaît. Devant lui, le mari et la femme ne peuvent rien dire aux autres, rien se dire non plus.

— Et on sait pourquoi ?

— Non, on ne le sait jamais.

Plus tard, je me suis surpris à échanger des banalités avec un couple et aussi avec le septuagénaire que mon chapeau bordé de rouge amusait et qui avait accepté un de mes cigarillos. A deux, nous avons osé les allumer. Heureusement que nous étions dans le jardin. Le couple nous a quand même regardés d'un air désapprobateur.

A un autre moment, j'ai proposé à Clive de venir avec moi les jours prochains. J'avais quelques connexions au *West Australian* et dans la police. Je lui ai dit que nous pourrions apprendre des choses sur les enquêtes et les assassinats au cricket.

— Merci, mais je vais partir quelques jours.

— Où ça ?

— A Sydney. Je vais m'éclater pour le Nouvel An. Cela me fera du bien de changer d'atmosphère. Et il fera peut-être moins chaud à Sydney.

Je n'ai rien su répondre. Heureusement qu'il faisait déjà sombre. Sinon ma contrariété se serait vue sous les larges bords de mon chapeau d'arbitre. Je n'étais pas amoureux du beau Malais mais je m'étais imaginé que quelque chose était en train de survenir. Clive venait de me ramener brutalement à la réalité car je savais bien à quoi il comptait passer son temps à Sydney en partant seul là-bas. Sa peau noire, qui m'excitait tant, allait y faire des ravages.

Finalement, la soirée s'est plutôt bien passée. Elle n'a sans doute servi à rien mais ce sont des choses qui se font dans ces quartiers, avec ces gens-là. Clive est australien et, gay ou pas, il n'est pas question d'y déroger. Les Ricky, eux, n'avaient jamais organisé rien de tel.

Simplement, ni Clive ni moi ne nous doutions qu'en cette veille de Noël c'était la dernière fois que nous voyions Nicole.

DEUXIÈME PARTIE

XIII

BREAK

Soudain tout s'est arrêté. Dès le week-end précédant Noël, les médias ont fait semblant de ne s'intéresser qu'aux vacances et aux festivités familiales. Et ça a marché. Les bikers n'ont plus fait parler d'eux, et s'ils se sont rendus coupables de quelques conneries, on n'en a rien su. Les joueurs de cricket étaient en congé et personne ne risquait rien sur les stades puisqu'ils étaient fermés. La trêve a été respectée jusqu'après le Nouvel An.

N'ayant aucune envie de voir les familles voisines célébrer le triomphe de la grande distribution, je me suis mis entre parenthèses. J'ai respecté le break en le fuyant. Rien n'est plus ennuyeux à Perth, dans ces quartiers *middle-class*, que les fêtes commerciales.

J'ai donc vécu deux semaines à l'écart de mes voisins. Assez bien, c'est-à-dire comme d'habitude. J'ai poursuivi sur les rivages de l'Australie-Occidentale cette vie de dilettante qui est, à elle seule, un véritable éloge de la paresse. Sans problème d'argent, sans problème de cœur sinon de vagues réminiscences d'enthousiasmes enfuis. Avec la conscience aiguë d'être mené par ma vie plutôt que l'inverse.

J'ai rendu visite à quelques amis sans grand intérêt, dans des stations de villégiature. J'ai couru sur des plages plus lointaines. Mes poumons me pardonnent mes cigarillos et les longs rallyes transforment vite l'oxyde de carbone du tabac en oxygène régénérant. Quant aux autres excès dont je me sens parfois coupable, si peu, ceux du sexe, mes parties de golf régulières ont vite fait d'effacer les traces de quelques effusions quasiment anonymes dans les dunes.

J'ai écrit quelques lignes, quelques vers mais cela je préfère ne pas en parler.

Je me suis promené le nez au vent. J'ai pris conscience que l'argent rend indécis et c'est tant mieux ainsi. Je ne suis pas vraiment riche mais cette situation inédite qui m'a permis de trouver le magot d'un truand gay que personne ne regrette et dont je profite me profite parfaitement.

J'ai aussi poursuivi, presque involontairement, l'enquête sur la famille Ricky. J'ai même trouvé quelques coïncidences étonnantes au cours d'une balade dans le bush.

Le hasard. Une virée pour voir les Pinnacles, ces érections de pierre sculptées par le vent et le sable, qui ressemblent à une série de menhirs en pierre friable. C'est un étrange désert, à trois heures de Perth vers le nord. Les premiers qui l'ont découvert, il y a moins d'un siècle, ont cru qu'il s'agissait d'une nécropole. Lovecraft s'en est servi dans un roman de science-fiction. Ce sont simplement des pierres modelées par le vent. En revenant, je m'étais arrêté pour l'essence dans un bled qui s'appelle Gingin. A la station Gull, à l'entrée du village, j'avais vu un nom à moitié effacé, sur la façade du bâtiment blanc presque à l'abandon, "Ricky". C'était à la fois improbable et familier. Alors j'avais fait comme d'habitude, j'avais fouiné. Gingin était vide et j'avais rencontré deux ou trois personnages intéressants comme l'homme araignée par exemple, qui ce jour-là traînait dans la station-service et qui m'avait confirmé la chose.

La coïncidence était si extraordinaire que je n'avais pas cru tout ce qu'il me racontait et que je m'étais promis de vérifier tout ça très vite. Dans les jours qui ont suivi j'en ai été empêché. J'aurais dû tout de suite faire confiance à cet animal exotique, je crois qu'il avait dit s'appeler Dale. Il était très maigre, d'une maigreur plus filiforme que maladive. Ses membres étaient comme des tiges de mikado en plus fragile.

Il m'avait dit aussi que le garage station-service n'avait pas très bonne réputation. C'est ce que j'avais cru comprendre car le bonhomme parlait par énigmes. Personne dans le coin n'aimait trop y venir la nuit. Il y avait des trafics avec les routiers qui dormaient là dans l'arrière-salle où la famille Ricky avait installé des lits superposés. Ou qui dormaient dans leur camion. D'autres choses encore, moins convenables. Mais le parking était de plus en plus connu des *truck-drivers* et de plus en plus fréquenté. A cette époque, Nicole travaillait un peu à la boutique, on disait avec mépris que Rod, le gérant, était en train de devenir riche. L'homme araignée m'avait appris, au fil des bières que nous avions bues, qu'un jour une sculpturale blonde peroxydée était arrivée, vêtue d'une manière si voyante qu'on aurait dit une drag-queen. Minijupe ras la moule mais un fessier musclé comme celui d'un homme. Et des boléros trop décolletés. Et des chaussures à talons beaucoup trop hauts. Tout était trop chez cette femme pour la population de ce village. Mais le fils Ricky, qui semblait l'avoir sortie de la cabine d'un camion, en était très amoureux. Alors les habitants de Gingin (les Ginginois ?) l'avaient regardée de plus près. Ainsi, le fils s'était acoquiné avec la créature et l'étonnement avait été grand.

Mais très vite les choses avaient mal tourné. Ses parents avaient cessé de venir, on ne les voyait plus nulle part. Ils ne voulaient plus parler à personne. Et un autre jour ils avaient complètement disparu.

Personne ne savait, personne ne voulait savoir ce qui leur était vraiment arrivé. Etait-ce leur manière à eux de disparaître ainsi ? Je comptais bien raconter tout cela à Clive quand il rentrerait de ses chaudes virées dans les saunas et les *backrooms* de Sydney. Je me doutais bien qu'il en profitait un maximum et qu'il ne donnait pas sa part au chat. Ce qui – à ma grande surprise – continuait à m'énerver.

Mais j'avais envie de lui en parler parce que je me demandais justement ce qu'étaient devenus les Ricky. A mon retour de Gingin et chaque fois que j'étais repassé chez moi, pendant cette trêve de Noël, je n'avais pas réussi à les apercevoir. La maison semblait vide. Pourtant j'avais très vite su par des voisins que John avait quitté l'hôpital.

XIV

UN BOSS TRÈS DISCRET

Lee Stadler a été victime de son orgueil et de l'infernal attrait des médias. Même quand on préfère vivre caché, ce qui avait toujours été son cas et qui avait sûrement facilité son ascension et sa fortune, on ne peut pas toujours résister au plaisir de se voir en photo dans un magazine. Surtout qu'il s'agissait d'un magazine de motos pour présenter une moto. Sa moto.

Et pas n'importe laquelle. L'année dernière Lee Stadler avait été mis au courant d'une occasion rare. Une Genny Shovel, la Rolls des motos ou, mieux encore, la Rolls des Harley-Davidson. Le gars qui la vendait ne l'avait pas vraiment entretenue, il n'en avait pas les moyens. Stadler n'avait pas lésiné sur le prix d'achat, ni sur les dollars dépensés pour la remettre en état. Presque toutes les pièces avaient été changées une par une pour que les chromes rutilent plus que si la belle américaine était neuve. Il avait fait venir certaines pièces des Etats-Unis. Il l'avait repeinte en bleu métallisé et ajouté des flancs blancs aux pneus parce qu'il aimait bien le look “vieille école” que cela lui donnait.

Ainsi customisée, la Genny Shovel étincelait. Il voulait qu'on sache que cette véritable œuvre d'art était la sienne et pas "la vieille bécane de Jimmy". C'est ce qu'il avait dit dans l'interview. Parce que finalement il avait cédé quand ses copains de la revue *OZ Biker* lui avaient expliqué que ça ne servait à rien d'avoir un engin pareil si personne ne le savait et si personne ne pouvait admirer une telle merveille. Car pour les rassemblements de bikers, ceux des Rebel's Tattoos son club et encore plus dans les rassemblements à l'échelon national, Stadler se contentait d'une moto beaucoup plus discrète et beaucoup plus anonyme.

D'ailleurs depuis le début, il s'était dit que c'était peut-être une erreur d'acheter cette bécane. Il n'avait jamais osé jusque-là. Pour tirer les ficelles du business en toute tranquillité, il devait à tout prix rester dans l'ombre, être le plus discret possible. Les Rebel's Tattoos fournissaient une bonne planque, c'était un groupe dévoué et une organisation bien huilée. Pas question dans ces conditions de se faire remarquer et surtout d'exposer son visage aux objectifs des photographes.

Mais les coïncidences sont parfois troublantes. La moto était de 1969, l'année de sa naissance. Qui plus est, elle avait été livrée en juin, comme sa maman l'avait livré au monde, mois pour mois. C'est ce qui l'avait décidé. Et comme il l'avait dit aussi au gars qui avait écrit l'article : "Posséder une Genny Shovel comme celle-là c'est comme bander vingt-quatre heures sur vingt-quatre." Il avait donc cédé et le reportage sur lui et sa moto s'étalait sur quatre pages dans le magazine.

Stadler n'avait pas quarante ans et il était maintenant à la tête d'une confortable fortune. Peu de gens le savaient à part ses associés. Et les banquiers quand il les rencontrait pour placer l'argent de la drogue et de la prostitution. Dans ces occasions, il portait un costume sombre et toujours des manches longues pour cacher ses tatouages aux bras, Harley en toutes lettres d'un côté, une paire de seins de l'autre. C'est pourquoi, sur les photos d'*OZ Biker*, il semblait un peu différent de ses copains motards. Pas de barbe de dix centimètres en pointe, pas de bacchantes retombant en mèches un peu grasses, pas de crâne complètement rasé. Hormis la boucle d'oreille qu'il portait à gauche, on aurait pu le prendre pour un entraîneur de rugby ou un spécialiste de la sécurité. Des piercings, il en avait bien mais sur les couilles et la queue. Il ne les dévoilait qu'à ses maîtresses ou à ses copains quand il était un peu ivre et qu'il sortait sa bite pour leur montrer l'épaisseur de son prince Albert.

Sur les photos de la revue, il était tout de même en tenue de biker, chemise à carreaux, jean, chaussures Caterpillar, gilet de cuir, mais sans les insignes des Rebel's Tattoos. Ses cheveux étaient coupés court, seul un bouc très raisonnable le mettait sur la même longueur d'onde que les autres. Il avait juste l'air d'un passionné de belles motos et d'antiquités hors de prix. Malgré des lunettes noires très sobres, on pouvait lire sur son visage la maîtrise et l'ambition. Au pli des lèvres.

Seulement, les flics avaient enfin une image récente et certifiée de Lee Stadler. Ils n'allaient pas se priver de l'utiliser au plus vite. Cela faisait des mois qu'ils avaient infiltré les groupes de motards, mais les centres de décision étaient complètement étanches. Enfin, récemment, ils avaient acquis la certitude que Stadler était bien l'un des chefs, peut-être même "le" chef de ces gangs-là. Restait à mettre la main dessus. Ce qu'ils firent, juste après Noël avec un peu de flair et beaucoup de chance. Et grâce aux photos d'*OZ Biker.*

Tout avait recommencé un mardi soir après les fêtes. Si la trêve avait été respectée pendant la période de Noël et du Nouvel An, il n'avait pas fallu attendre longtemps pour que la fièvre reprenne en Western Australia. De toute façon tout le monde se doutait bien que si les affrontements et les brutalités avaient pris une telle ampleur ils ne pouvaient pas s'éteindre d'un coup d'un seul.

C'est comme les feux de forêt en période de sécheresse. Ils se font discrets pendant quelques jours mais la chaleur et la végétation aride n'attendent qu'un coup de pouce. Parfois même, il n'y a pas besoin de coup de pouce car la région manque d'eau. Avec la réverbération du soleil et les effets de loupe sur les herbes déjà brûlées, la nature s'embrase toute seule. Dans cette région inhospitalière qui a rebuté tous les grands navigateurs au XVIIe et au XVIIIe siècle, où il y a très peu de rivières et où les premiers immigrés n'avaient que de la mauvaise bière à boire pendant les heures de travail, le feu continue à se réveiller toutes les semaines en été.

L'été, cette année-là, était loin être fini. Pour la violence aussi, tous le sentaient.

Une fusillade avait éclaté en pleine nuit à Welshpool, un quartier de garages, d'entrepôts et de petites fabriques. Qui était responsable du déclenchement des hostilités ? Difficile à savoir. Les motards, qui n'avaient cessé de se montrer menaçants tout au long de novembre et de décembre, devaient ronger leur frein. Et la police n'attendait qu'une occasion de mettre le holà à leurs agissements en arrêtant leurs chefs. Ce soir-là ils avaient effectivement arrêté Lee Stadler, leur leader dont ils connaissaient tous, depuis peu, le visage.

S'était ensuivie une véritable bataille rangée qui aurait pu faire beaucoup de victimes si elle avait eu lieu dans un quartier d'habitation. Les journalistes disaient que l'affrontement avait duré une demi-heure, qu'on avait retrouvé plusieurs dizaines de douilles, que des policiers étaient à l'hôpital et des motards sûrement mal en point, même si la plupart s'étaient enfuis. Les journalistes exagèrent toujours. Ils disaient et ne montraient rien et pour cause. La bagarre avait eu lieu en pleine nuit. Les caméras, arrivées trop tard, n'avaient rien trouvé à filmer, sinon quelques impacts de balles sur les murs des hangars et de grosses taches sur l'asphalte. L'absence de documents tangibles rendait cette violence encore plus menaçante.

En réalité c'étaient bien les policiers qui avaient provoqué l'affrontement. Le *police officer* Ange Cattrioni n'était pas sur les lieux. Sinon il est probable qu'il aurait calmé ses acolytes. Les flics avaient été mis en appétit par les blousons et les insignes des Rebel's Tattoos. Ils savaient que c'était dans ce groupe que Stadler se planquait. Ils les avaient pistés et ils l'avaient trouvé. Ce soir-là les bikers étaient réunis dans un garage et c'est au moment où ils sortaient, assez imbibés de bière, que la police était intervenue.

Des coups de feu avaient aussitôt été tirés, enfin probablement un seul coup de feu qui avait blessé l'un des flics. Ses collègues avaient sauté sur l'occasion, ils n'attendaient que cela. Mais ils ne se doutaient pas que l'échange allait être aussi violent. Si les motards avaient été moins bourrés, il y aurait sans doute eu des morts. De leur côté les policiers s'étaient appliqués à tirer seulement dans les jambes et les réservoirs des motards. Certains s'étaient enfuis et les autres, trois ou quatre seulement, s'étaient retranchés dans le hangar parce que leurs engins étaient inutilisables.

La police avait encore attendu avant de donner l'assaut. Quand ils avaient pris la décision et fait les sommations, alors que tout le quartier était maintenant bouclé et éclairé par de puissants projecteurs – juste avant l'arrivée des journalistes –, ils avaient eu la surprise de voir ces trois-là se rendre sans résistance. Dans le cadre fantomatique des bâtiments déserts où seules bougeaient encore les forces de police et où grésillaient dans le silence obscur les lampes halogènes des projecteurs, Stadler avait préféré baisser pavillon. Il avait encore un revolver à la main, ce qui avait permis de l'inculper. Mais ce n'était pas lui qui avait tiré le premier. La balle qui avait atteint le flic – le seul blessé sérieux finalement – ne provenait pas de son arme. Sûrement de celle d'un des motards enfuis qui n'avait pas su contrôler ses nerfs et qui avait ainsi donné l'occasion aux flics d'attaquer.

Le lendemain, les communiqués de presse de la police triomphaient. Stadler arrêté, c'était un message d'espoir, c'était en tout cas celui qu'ils voulaient faire passer. Les journalistes emboîtaient le pas, disaient que le calme allait maintenant revenir. Ils tentaient de rassurer la population à bon compte mais personne n'était dupe.

Stadler, devenu complètement muet dès cette nuit-là, n'allait pas leur faciliter la tâche. Il allait aussi mettre très longtemps avant d'avoir le plaisir de chevaucher de nouveau sa belle Genny Shovel.

XV

UN ANGE À MA PLAGE

Tous ces troubles finissaient par m'atteindre contre mon gré. Bien obligé, il suffisait de regarder la télé ou de voir la tête consternée des voisins. Pour les voisins, je répondais poliment par un salut aussi consterné. Pour la télé, j'aurais pu l'éteindre mais le lendemain de la bagarre j'avais aperçu cinq secondes de la fin de l'interview de mon copain policier Ange. Et j'avais envie de l'entendre encore.

En tout cas cela ne m'empêchait pas d'aller tous les jours à la plage et, comme le hasard fait bien les choses, j'ai fini par y rencontrer mon ami le flic italien. Enfin, d'origine italienne, s'il m'entendait il serait furieux, il tient trop à sa nationalité australienne.

Ange passait sur un quad, il m'a reconnu tout de suite, pourtant j'étais à poil. A moins qu'il ne m'ait reconnu justement parce que j'étais nu… Bref nous sommes tombés dans les bras l'un de l'autre, mais très vite car il était pressé, comme toujours.

— Je profite d'une heure de liberté pour faire ma tournée d'inspection.

— Cela a un rapport avec les bikers ?

— Plus ou moins. Je suis sur le coup mais je ne suis pas en charge directement du dossier. Ça, c'est le boulot de Don, mon boss.

Je ne lui ai pas demandé des détails sur son patron, je m'en foutais. Je voulais savoir ce qu'il cherchait.

— Juste un mec qui m'intrigue, un tatoué.

— Le même que l'autre fois ?

— Peut-être, peut-être pas.

— Facile ton jeu… D'autant qu'ils le sont tous, tatoués.

— Lui, il a des tatouages en cercle sur le bras, comme les Canaques.

— Celui qui se faisait enculer au sauna sans capote ?

— Oui je crois bien que c'est lui.

— Rod Ricky, ça te dit quelque chose ?

— Non, rien du tout. Pourquoi ? Tu crois savoir son nom ?

Je lui ai raconté aussi vite que j'ai pu. Mais mon histoire de quartier ne l'intéressait pas plus que ça et je me mélangeais un peu dans les bikers que je connaissais ou que je croyais connaître : Rod ou un tatoué, ou un autre encore ? J'ai aussi essayé de lui raconter mes découvertes à Gingin, l'histoire de la station-service mal fréquentée, de la grosse blonde qui avait semé la zizanie dans tout le village. Mais comme il ne connaissait pas mes voisins John et Nicole, cela l'a fait seulement sourire une demi-seconde.

Nous étions dans un lieu sauvage, cette plage déserte. En bordure de l'océan, à cet endroit, entre Swanbourne et City Beach, sur trois ou quatre kilomètres, il n'y a que le sable blond et fin, presque blanc.

La plage, sous le terrain militaire, loin des casernes, est juste limitée par des dunes hautes et larges, là où grouillent les insectes et les goanas, ces petits iguanes à la queue arrondie. Et les serpents. Ils peuvent atteindre trois mètres de long et leur piqûre est mortelle. Par rapport à ce que me racontait Ange sur la bataille rangée qui avait eu lieu la nuit précédente entre la police et les motards, c'était le paradis. Il m'a dit qu'il n'était pas sur les lieux au moment de l'affrontement. Il était arrivé après l'attaque et avant l'assaut des journalistes. C'est même lui qui les avait enfumés en répondant à leurs questions et en leur donnant le moins de détails possible. Mais le plus d'indices destinés à rassurer le bon peuple télévisuel.

J'ai continué à l'interroger, je voulais de nouveau lui demander s'il en savait plus sur Rod Ricky, côté motards.

— Rien du tout. Mais je peux chercher dans les archives si tu veux.

— C'est peut-être un témoin dans cette affaire qui me tracasse vraiment mais c'est peut-être aussi un biker, il pourrait te mettre sur une piste, on ne sait jamais…

— Si tu me promets de m'en dire plus…

— Je te dirai tout ce que tu veux, tu n'as qu'à passer à la maison un de ces jours, lui ai-je dit sans réfléchir.

— Chez toi ?

Il y eut un silence. Il était aussi surpris que moi. Il savait que je protégeais mon intimité comme les Australiens protègent leurs espèces en voie de disparition. Peut-être que le genre de retraite que je me suis aménagée est aussi quelque chose en voie d'extinction complète. Au-delà de la frénésie économique et de la réussite financière forcenée de la ville, Perth a cette tonalité-là, ce côté paradis perdu. Je venais de lire dans le journal l'histoire d'un professeur de sciences qui menait une campagne pour que les poissons vendus dans les restaurants soient tués avec plus d'égards. En captivité dans des aquariums, installés au milieu des tables, le regard gourmand des dîneurs ferait trop souffrir les pauvres bêtes. Dans quelle autre ville aujourd'hui a-t-on le temps de se préoccuper des angoisses des poissons ? Les habitants de Perth vivent comme si leur petit bonheur allait durer éternellement. Je crains qu'ils ne se trompent, mais passons.

— Eh oui, chez moi !

J'avais l'air idiot. Surtout de ne pas l'avoir invité plus tôt. Ange était évidemment débordé mais il a quand même accepté.

Et il est venu le soir même.

XVI

L'AMOUR ET LA GUERRE

Ange est arrivé chez moi avant le dîner et ça n'a pas traîné. Il avait eu le temps de se changer, m'évitant le sempiternel “pantalon noir – chemise blanche – cravate sombre” auquel sont condamnés tous les hommes de la City. Les responsables de la police n'échappent pas à la règle. Il portait juste un pantalon beige léger et la chemise Lacoste bleue que je lui avais offerte l'année précédente. J'ai trouvé l'attention de bon augure. L'harmonie fonctionnait à merveille entre sa peau brune, sa chemise et ses yeux qui tiraient sur le marine avec les reflets du tissu. Une légère transpiration aux tempes, son pantalon moulait ses hanches, juste un peu enveloppées. Les jambes qu'il écartait quand il s'asseyait, le renflement de la braguette quand il bougeait. Son regard, toujours aussi séduisant, immédiatement sensuel. Son sex-appeal naturel se bonifiait avec tout ce que j'avais appris de lui, son esprit droit, sa gentillesse.

Quand je lui ai tendu un verre de chardonnay, il m'a pris le poignet et m'a attiré vers lui. Pas le temps de boire, le désir intense dans ses yeux couleur du ciel de Perth, nos lèvres, la lumière qui passait à travers les stores de la baie vitrée du jardin. Nous avons commencé debout, mes mains pressées sur son corps tendu. C'est moi qui le premier ai défait sa ceinture, la légère odeur de transpiration dans les poils, sous le slip. Et le reste qui se tait.

Le vin blanc, nous l'avons bu après, après une heure magnifique où j'avais tenté d'oublier mon corps gauche, mes dix ans de plus que lui, ma calvitie naissante, ma lenteur à bander – l'émotion sans doute, pas l'âge quand même – et toutes les raisons du monde qui font qu'un mec aussi sexy puisse avoir envie de moi. Je n'ai pas pensé aux Ricky, même pas à Clive – avec une nuance de regret –, cela aurait le temps de revenir après. En réalité je n'ai pensé à rien pendant cette heure d'emportement et d'exaltation. Cela ne nous était pas arrivé depuis plus d'un an.

En reprenant notre souffle et nos esprits, en buvant nos verres, nous avons définitivement effacé l'ardoise, oublié nos absences et nos omissions des mois précédents. Tout a disparu dans les effluves de sueur, de sperme et de chardonnay.

— Ce Rod Ricky, je n'ai rien retrouvé sur lui.

Nous étions tombés du lit, nus sur la moquette, un oreiller sous la tête.

— Tu as cherché ?

— Bien sûr, je te l'avais promis et ce pourrait être un mec qui nous intéresse. Et je n'ai rien découvert. Tu te doutes bien que tous les bikers ne sont pas fichés. D'ailleurs, t'es sûr qu'il en fait partie ?

— Non, je ne suis sûr de rien.

— Si tu me disais tout, enfin…

Je me suis exécuté. Ce que j'avais vu lors de la démonstration de Rockingham, les Ricky, leur fils Rod et ce que j'en savais, leur disparition, mes découvertes sur leur passé à Gingin. J'avais besoin d'un coup de main d'Ange. Sans compter que j'avais envie qu'il repasse prendre un verre de temps en temps.

Le soleil qui tombait vers la mer jouait à cache-cache avec l'eucalyptus dont les branches se balançaient au ralenti devant ma fenêtre. En redressant le buste, nous pouvions apercevoir les yachts qui rentraient dans les marinas de la Swan et même le petit golf de Chidley Point sur l'autre rive. Je n'avais pas oublié sa passion pour ce sport et j'espérais bien pouvoir jouer bientôt avec lui.

Je lui ai proposé une partie prochaine avec l'ami Dick Cheney du *West Australian.*

— Surtout pas !

— Je croyais que tu le trouvais sympa ? C'est lui qui nous avait présentés, tu t'en souviens.

— Je ne veux voir aucun journaliste, je les évite comme la peste. Ils finissent toujours par te faire parler. Surtout s'ils sont sympas. Dick, je le connais, c'est un malin. Il fait semblant de ne s'intéresser qu'au sport mais il récolte des infos pour ses collègues.

Je ne pensais pas que ma proposition allait provoquer chez lui une telle réaction. Il a tout de suite changé de sujet.

— Franchement, a-t-il dit, je n'arrive pas à me concentrer sur tes voisins. Si je trouve des trucs, je te le dirai, d'ailleurs tu n'auras qu'à passer de temps en temps à mon bureau. Mais je suis trop pris par cette histoire de bikers…

— Je croyais que tu ne t'en occupais que de loin.

— Comment veux-tu que j'y échappe. Je ne suis pas en charge de l'affaire, c'est Don. Mais nous sommes tous mobilisés.

Je savais qu'il n'allait pas s'arrêter là mais je le sentais de plus en plus préoccupé. Et la fatigue des dernières émeutes devait être en train de lui retomber dessus. Soudain il s'est lancé, il m'a fixé droit dans les yeux :

— Es-tu capable de garder un secret ?

— J'espère.

— A personne, tu entends, personne !

— Parle sans crainte…

— Alors voilà : la guerre est déclarée.

— De quoi parles-tu ?

— De ce dont je m'occupe en ce moment, de ce dont nous nous occupons tous. Ce que tu as vu à Rockingham, la descente anti-pédés de Swanbourne, tout ça ce n'était qu'une petite, très petite, partie émergée de l'iceberg. Et ce qui s'est passé la nuit dernière à Welshpool, seulement un début.

Et Ange m'a raconté. J'avais du mal à le croire. Mais c'était Ange, son sérieux, sa simplicité, sa fonction. Les bikers agissaient en ce moment comme de véritables terroristes. Non contents de poursuivre leurs rentables trafics, ils avaient maintenant décidé de s'attaquer au pouvoir. Et ils le faisaient à travers les valeurs bien établies de la société australienne : les *lifesavers* des plages, les touristes, les immigrés asiatiques, les homosexuels et surtout le cricket. Ils n'avaient rien trouvé de mieux que cela. Tout à coup je me suis souvenu de la phrase d'un mes potes, un des *beach boys* ou peut-être Clive, qui détestait ce sport, il m'avait dit :

— Si quelqu'un veut saper la société australienne, il n'aura qu'à démolir le cricket.

Ange a continué son récit et son ton trahissait le sérieux de ses propos et même une certaine angoisse. Aussitôt après la mort de Jim Carlson, les flics avaient indirectement reçu une revendication. Au début ils n'y avaient pas trop cru, elle était venue discrètement et la source était impossible à vérifier.

— Et puis un jour on a reçu une petite ampoule.

— Une ampoule ?

— Elle contenait du venin de serpent, le même que celui qui a tué Jim Carlson. Et le lien avec la revendication des bikers a été finalement établi. Les autres attaques n'étaient que de la poudre aux yeux. Là, on a su qu'ils avaient vraiment déclenché l'offensive.

Aujourd'hui la menace était plus directe. Les motards affirmaient qu'ils allaient commettre un deuxième attentat, qu'ils allaient assassiner un autre joueur international dans les semaines à venir, au cours d'un match de préparation à la Coupe du monde. Sans plus de précision. Ange l'avait appris ce matin même. Flou volontaire mais ils parlaient de matches internationaux, il n'y en a pas trente-six.

— Pourquoi maintenant ? Qu'est-ce qu'ils veulent ?

— Tu oublies que leurs chefs sont emprisonnés. Stadler est le deuxième leader que nous avons chopé. Voilà ce qu'ils veulent, leur libération. Il n'y a aucune preuve formelle que ce soient bien eux qui font le chantage, ce pourrait être un fou ou une fausse piste. Mais quand on voit leurs méthodes, quand on voit le culot avec lequel ils transgressent toutes les lois, cette menace de tuer un ou plusieurs champions doit être prise très au sérieux. Maintenant on sait qu'ils sont devenus extrêmement dangereux à tout moment.

— Pourquoi vous ne les arrêtez pas tout de suite ?

— Parce qu'on n'a pas de preuves, pas assez d'éléments matériels. Et arrêter qui ? Ils sont nombreux. En plus, ils sont très bien organisés. Si tu en piques un pour une connerie, une bagarre, tu n'arrives pas à prouver sa participation aux trafics. Ils sont trop malins, leurs groupes sont cloisonnés, très étanches. Les leaders se fondent dans la masse, ils ont plusieurs adresses, ils ont souvent un job respectable et ils planquent tout dans leurs ordinateurs. Evidemment les plus bruyants ne sont pas les chefs. Et ces chefs-là sont très difficiles à débusquer. Impossible d'établir les liens entre ces têtes pensantes. On ne sait jamais d'où partent les ordres, d'où vont partir les coups. Ceux qu'on chope, ceux qui font du bruit, ce sont presque toujours des lampistes. L'arrestation de Lee Stadler est une grande victoire mais il est si bien organisé, si préparé qu'on n'arrivera peut-être pas à le coincer pour de bon.

— Et par le biais de la revendication, vous n'avez pas une piste ?

— Ils s'organisent toujours pour menacer sans laisser de traces. L'info est de nouveau arrivée par la bande, pas de manière directe, ce serait trop simple.

— Et la mort des autres ? Et le jeune cricketer à côté de chez moi ?

— Peut-être, peut-être pas. Il y a deux hypothèses. Soit les bikers sont effectivement à l'origine d'autres morts, c'est très possible. Ils font tout pour créer une psychose, un climat d'angoisse pour que nous cédions. Soit ce sont des coïncidences ou des effets de contagion. Mais ça revient au même, ils profitent à fond de l'émotion que la mort de Jim Carlson a suscitée dans toute l'Australie.

Ange hésitait, ne savait plus trop. Ces gangs, ce ne sont pas seulement quelques escrocs de haut vol qui tirent les ficelles. Dans leur sillage, dans le vrombissement de leurs pots d'échappement chromés, ils entraînent tout un ramassis de laissés-pour-compte incontrôlables. Derrière les muscles et les barbes avantageuses il y a une ribambelle de mecs *borderline*, de pédés frustrés qui jouent les machos. Mais aussi des déséquilibrés, des escrocs minables, des petits Blancs qui n'ont pas su profiter du boom économique. Ils entendent bien faire résonner d'autres boums. Ange m'a raconté une histoire qui m'avait échappé. Ce devait être un moment où la lecture de la presse ne me semblait pas nécessaire pour survivre. L'histoire d'un mec qui avait fait sauter une charge explosive en plein bush, quelques mois auparavant. Comme c'était en pleine nature, il n'y avait eu ni blessés, ni véritables dégâts. Mais le type avait réussi à fabriquer un engin de plusieurs centaines de kilos. Il avait tout appris sur Internet. Il avait finalement mis à feu une bombe aussi puissante que celle qui avait explosé au centre d'Oklahoma City aux Etats-Unis, il y a quelques années, faisant plus d'une centaine de morts. Heureusement ce type-là n'avait pas de pulsion de mort. Mais comme à Oklahoma City avec Jim McVeigh, il s'agissait d'un jeune chômeur attiré par les groupes d'extrême droite.

— C'était un motard ?

— Il n'était pas grand-chose. Mais il avait une moto. Il aurait pu, il a peut-être rejoint la horde à un moment ou à un autre. En tout cas ces types-là détestent la société australienne et tous ses symboles comme le cricket.

— Mais à la fin, Ange, pourquoi font-ils cela ?

— Pour le fric, le business. Tu ne suis plus beaucoup l'actu mais tu es tout de même au courant. La Western Australia est en plein délire. Dans cet Etat il y a à peu près tous les métaux et les minéraux qui manquent sur le marché mondial. De l'or au nickel, du cuivre au pétrole même. D'où le boom économique, la flambée des prix et la montée des convoitises. On vient de partout pour profiter de cette manne. Perth et toute la région en sont complètement chamboulés. C'est la folie. Certains, mieux organisés que d'autres, comme les bikers, essaient d'en profiter dès maintenant. Ils veulent avoir la mainmise sur tout, tout de suite.

La question était de savoir s'ils allaient mettre leur nouvelle menace de tuer un joueur international à exécution. S'ils étaient suffisamment sûrs d'eux pour commettre de sang-froid un acte pareil. Et s'ils se sentaient assez puissants pour le faire en toute impunité. Et surtout où et quand ils allaient agir.

— Pour l'instant, ils font planer la menace. Sans grand résultat puisque la presse n'en a pas encore eu vent. C'est pour cela que je te supplie de n'en parler à personne et que je ne veux pas voir le moindre Dick Cheney, même au golf. Tant que la menace n'atteint pas l'opinion, ils ne la mettront pas à exécution. Je crois qu'ils espèrent plus de la peur, de la psychose que du crime lui-même. Mais, au début du mois prochain, il y a le match contre les West Indies, les Antilles anglophones. Et ce sera ici, à Perth, au WACA…

Ange est allé prendre une douche et puis nous avons continué à bavarder sur la terrasse. Les bikers ne menaçaient pas nommément un joueur. Tout était encore très vague et je me demandais même si tout cela avait un fondement réel, si Ange n'était pas lui aussi victime de ses sources et de la psychose collective. Nous sommes restés chez moi et nous avons préparé des sandwiches bourrés de beurre, de légumes crus et de pickles. Il ne voulait pas aller au resto, il n'avait pas envie de poursuivre cette conversation dans un lieu public. Restait une question en suspens qui me trottait dans la tête depuis qu'il avait commencé à me mettre dans la confidence. Pourquoi l'avait-il fait, justement ? Pourquoi m'avait-il parlé de tout cela ?

D'un côté cela me faisait plaisir, cela témoignait d'une confiance, de celle que l'on peut accorder aux vrais amis. Et j'étais vraiment heureux que nous en soyons arrivés là, au-delà des malentendus passés et du désir toujours aussi d'actualité. Mais je ne suis pas idiot. Ange est quelqu'un de beaucoup trop réfléchi, trop maître de ses impulsions pour avoir agi au hasard ou sur un coup de blues. Alors oui, pourquoi ?

Ange n'est pas seulement golfeur, il a aussi une bonne connaissance du cricket, sans doute ravivée ces jours derniers par la menace des motards. La saison battait son plein, il ne restait que deux mois avant la Coupe du monde. La police était sur les dents. Sans le cricket, l'Australie ne serait plus l'Australie. On a évoqué quelques joueurs qu'il aimait bien, Gilchrist, Vaugh. Il fréquentait le WACA, le West Australian Cricket Club. Cela aussi faisait partie de ses attributions, maintenant qu'il s'occupait moins des gays. Cela ne lui déplaisait pas, le club historique, le décorum, les cérémonies où il devait parfois se montrer en blazer Cerruti. Et les matches auxquels il assistait dans une loge VIP.

— C'est tellement facile, Ashe, de tuer quelqu'un qui se produit en public. Et en plein air en plus.

Et sans raison tout à coup :

— C'est marrant que tu t'intéresses à ce sport, tu pourrais presque m'apprendre des choses, tu es un bon observateur.

J'ai déployé mon grand corps embarrassé du fauteuil de jardin où je m'étais assis et je suis allé chercher une autre bouteille de chardonnay à la cuisine. C'était peut-être ça la réponse à la question qui me préoccupait depuis le début de la soirée. Il avait besoin d'un point de vue extérieur. De ma curiosité.

XVII

LES PETITES CRÉATURES

J'étais en avance et je me suis baladé à Freo en début de soirée tout au bout de Market Street, là où s'alignent les maisons victoriennes imposantes, vestiges restaurés de l'activité ancienne et prospère du port. Attiré par les sonorités gaéliques d'un violon, je suis entré dans un bar irlandais plein à craquer. J'ai pris une bière, bercé par les reprises de la musique du Connemara. Mais elle a été tout de suite couverte par un grondement extérieur.

Une dizaine de motards s'étaient arrêtés devant le pub. Ils avaient l'air d'hésiter. L'Irlande, ce ne devait pas être leur truc. Plusieurs avaient déjà enlevé leurs casques et j'ai eu l'impression que l'un d'entre eux me dévisageait alors que je collais mon visage contre la vitre pour mieux les observer. Sa tête m'a dit quelque chose et je me suis reculé. Mais le bar était très éclairé, la rue non. Les marins, dont beaucoup étaient étrangers, n'avaient pas l'air d'être effrayés par ces malabars en cuir qui depuis quelques semaines semaient la terreur dans toute la région. Ils ont fini par enfourcher leur moto et partir dans un vrombissement volontairement exagéré. Le vacarme a couvert pendant quelques secondes les chansons celtiques reprises en chœur par tout le pub.

J'avais rendez-vous avec Clive. Enfin ! Depuis son retour de Nouvelle-Galles-du-Sud, je n'avais aperçu que sa voiture, tard le soir. J'avais fini par lui donner un coup de fil ce matin en prenant l'air le plus détaché possible. Il semblait content de m'entendre, rigolard, un peu hystérique, toujours pressé, pressé de me parler, disait-il. Rendez-vous fut pris ce soir même aux *Little Creatures*, un restaurant installé dans une brasserie, sur le port.

Lorsque je suis arrivé au rendez-vous, hasard ou pas, les mêmes motards étaient agglutinés au bar, près de l'entrée de l'immense salle et ça n'avait pas l'air de faire plaisir aux autres consommateurs qui s'étaient écartés. J'avais d'ailleurs vu leurs motos garées devant. J'ai filé vers la terrasse. Clive, face à la baie vitrée qui donne sur les yachts, dégustait des moules au curry. Je crois qu'il n'avait même pas remarqué les bikers.

Il était tout excité. J'ai à peine eu le temps de lui demander ce qu'il avait foutu à Sydney, d'ailleurs il est resté très vague, il m'a tout de suite dit :

— Les Ricky ont disparu.

— Disparu ? N'exagérons rien.

— Je t'assure, il n'y a plus que leur fils qui rôde de temps en temps dans leur maison. Ils ne sont plus là. Et figure-toi que, depuis, j'ai appris beaucoup de choses sur eux.

J'ai d'abord commandé des *octopus* et une bière fabriquée ici, c'est-à-dire dans la pièce à côté. C'est une délicieuse bière rousse pale-ale. Clive s'était installé près de la terrasse mais pas à l'extérieur parce que le vent du soir, venu de la mer, avait fait tomber la température. Dans l'autre salle, derrière des vitres, les ouvriers de la brasserie finissaient de ranger les fûts et de mettre les machines en veilleuse pour la nuit. On pouvait voir aussi les voiliers qui rentraient au mouillage, contre le ponton. Le bâtiment avait servi quelques années plus tôt de local aux bateaux australiens lors de la Coupe de l'America.

Clive m'expliquait qu'il s'agissait d'un concours de circonstances très bizarre avec une fille de ses cours de théâtre. Une forte fille de fermiers, originaire de Gingin, un bled perdu vers le nord sur l'unique route qui va vers Broome et Darwin. Disait-il.

— C'est là que ça s'est passé.

— Quoi ?

— L'histoire des Ricky. Il faut savoir ce qu'est Gingin. C'est le trou du cul du monde. Enfin un des trous du cul, il y en a beaucoup en Australie, dès qu'on s'enfonce dans l'intérieur. C'est un petit village de paysans où tout finit par se savoir, il est impossible d'avoir une intimité. C'est pour cela qu'Alexandra, ma grosse élève, a fui, dès qu'elle a pu, vers Perth.

— Quel rapport avec eux ?

— C'est là qu'ils vivaient, il y a de cela une dizaine d'années.

— Tiens donc, ils ne nous l'ont jamais dit.

— Et pour cause. Ce qu'il faut savoir aussi c'est que Gingin est un arrêt obligatoire sur la route. Il y a un garage avec une pompe à essence et tous ces *road trains*, ces gros camions avec parfois trois remorques. Ils s'arrêtent là pour ravitailler ou dormir. Enfin Gingin n'est pas tout à fait sur la route, la route passe à côté, mais souvent les routiers s'arrêtent là.

— Et qu'est-ce qu'ils faisaient là, les Ricky ? ai-je demandé de mon air le plus innocent.

— Rien. C'était une période où ils ne travaillaient pas. Entre deux jobs, dans une usine ou une mine. Mais ils étaient sans doute venus pour être près de leur fils.

— Rod, leur fils ?

— Oui, Rod était le garagiste du bled. Il gérait la pompe à essence et la minuscule supérette qui vendait un peu de nourriture. Au début Nicole venait parfois l'aider. Mais elle a arrêté très vite.

— Et pourquoi ? ai-je demandé sur un ton toujours aussi candide.

— A cause des routiers, justement.

Et Clive s'est mis à raconter tout ce qu'il avait appris de cette Alexandra *from* Gingin. Le garage station-service qui n'avait pas très bonne réputation en effet. Les trafics, le rôle de Nicole à la boutique, l'arrivée de la grosse blonde, les engueulades devant tout le monde, la désertion des parents.

— C'est peut-être à partir de ce moment-là qu'ils ont commencé à vivre en reclus, a ajouté mon copain black.

— A cause de la blonde ?

— A cause de la situation. D'ailleurs ils ne sont pas restés longtemps là-bas après ça. Ils se sont évaporés dans la nature.

— Et Rod le fils ?

— Ses déboires ont commencé au même moment, il a dû en être meurtri. La station-service marchait moins bien avec la créature, il y a eu des bagarres. En tout cas les gens de Gingin ne voulaient plus y aller.

Rod a liquidé son affaire et plus personne ne les a jamais revus.

Clive n'en savait pas beaucoup plus. Il voulait être sûr qu'il s'agissait de nos voisins. Il y a des centaines de Ricky à travers l'Australie. Les gens changent de domicile, voyagent, disparaissent. Quand ils ne changent pas d'identité. Alors, il avait voulu en avoir le cœur net.

Il avait montré à cette Alexandra une photo de Nicole et John, ensemble dans le désert, avec quinze ou vingt ans de moins. Il l'avait piquée dans leur salon un jour qu'il attendait que Nicole se prépare pour l'emmener à l'hôpital. Il a dit qu'il voulait leur rendre de toute façon mais que ce n'était pas possible puisqu'ils n'étaient plus là. Hier Alexandra avait été formelle, c'étaient bien eux.

— Tu es gonflé, quand même, pour la photo.

— Chacun ses petits défauts.

Nous avons cessé de parler. C'est alors que j'ai remarqué, parce que j'étais tourné vers la salle, que l'ambiance était montée d'un cran dans la brasserie-restaurant. Il y avait d'un côté la télé qui hurlait, avec l'inévitable retransmission d'un vieux match de cricket. Et de l'autre, au fond, toujours au bar, le groupe de motards qui s'agitait, parlait fort et faisait de la provocation. Ils étaient sans doute déjà bien imbibés de bière. Les serveurs semblaient impuissants. Clive n'avait encore rien vu. Quand je lui ai fait remarquer le brouhaha et le début de malaise dans la salle, il s'est retourné et il m'a dit :

— Si ça continue, je ne vais pas m'attarder. Je n'ai pas envie de revivre l'attaque du parking de Swanbourne, merci. Et toi ?

— Je ne suis pas pressé.

— Toujours aussi curieux, tu ne peux pas t'en empêcher…

En réalité, ce soir, j'avais envie de le contrarier sur tout. Peut-être parce qu'il ne m'avait rien raconté de sa virée à Sydney. De mon côté, je ne lui avais rien dit évidemment des menaces des bikers que m'avait rapportées Ange, mon copain flic. De toute façon, Clive était toujours pris par l'histoire de John et Nicole. Il m'a soudain demandé, en finissant sa quatrième ou cinquième bière :

— Tu n'as pas l'air étonné…

— Non, pas vraiment, je savais déjà pas mal de choses.

— Comment ça ?

— J'ai été à Gingin entre Noël et le Nouvel An et j'ai appris par hasard qu'ils avaient vécu là-bas. Et je connaissais en partie leur histoire.

— Mais tu ne me l'as pas dit ! Tu me laisses parler…

— Je n'ai pas eu le temps !

Il était furieux et je dois dire que j'étais assez content. C'était injuste, je savais bien que j'aurais dû lui raconter tout de suite les résultats de ma petite enquête.

En réalité je l'avais laissé parler parce que je n'étais pas sûr à cent pour cent de ce que m'avait dit l'homme araignée. Je n'ai vendu la mèche que quand il m'eut confirmé, par cette Alexandra interposée, que c'étaient bien les Ricky que nous connaissions, nos voisins, qui s'étaient ainsi égarés à Gingin. L'homme aux pattes en fil de fer ne m'avait donc pas menti. Je savais encore faire une enquête. Cette fois j'ai raconté tout ce que je savais à Clive et j'ai ajouté :

— Le fils est un emmerdeur, je crois qu'ils ont toujours eu des problèmes avec lui. Mais quand ses parents se sont installés dans cet endroit, c'était plutôt pour l'aider, non ?

— C'est donc bien là, le nœud de l'affaire. Là, à Gingin ? a questionné Clive.

— Peut-être, peut-être pas, mais nous ne sommes pas chargés de veiller sur eux…

— Je les aime beaucoup et je sens que quelque chose ne va pas du tout.

— Quoi ?

— Je les sens en danger, voilà !

Je l'ai regardé, mais je n'ai pas répondu. Au fond, j'avais eu la même pensée que lui. Sur cette question de danger justement. Suffisamment pesante pour que je décide, sans lui dire, de reprendre mon enquête à Gingin dès les prochains jours.

XVIII

UN PEU DE VAISSELLE CASSÉE

Quand Clive a quitté brusquement le restaurant, en me laissant l'addition, tout est allé très vite.

Avant de partir, il avait prétendu avoir vu le fils Ricky traverser la salle, ça ne lui disait rien de bon. Quand il me l'avait montré, une silhouette filait déjà vers les toilettes du premier étage avec un blouson noir épais sur un jean dégueulasse. Sur le blouson il y avait un motif doré.

A peine le beau Malais enfui, l'ambiance des *Little Creatures* est devenue électrique. Je soupçonne que Clive, qui déteste la violence et qui avait déjà payé avant Noël pour connaître les méthodes des motards, avait deviné ce qui allait se passer. Au-delà des limites, *out of bounds.* C'est justement ce qui m'intéressait. Et c'est pourquoi j'avais décidé de rester en prétextant boire une dernière bière.

Je suis monté à la mezzanine du premier étage qui exposait les mauvaises toiles d'un mauvais artiste mais d'où j'étais sûr d'avoir une vue d'ensemble sur la situation. Le son de la télé s'était encore élevé d'un cran, sans doute parce que les responsables du restaurant voulaient décourager les motards. Mais la voix complaisante des commentateurs et les applaudissements de la foule avaient plutôt tendance à taper sur les nerfs de tout le monde.

Le blouson de cuir noir redescendait de l'autre côté, trop loin de moi. On aurait pu le confondre avec d'autres consommateurs s'il n'y avait pas eu le sigle doré dans le dos. Mais il y avait. Je n'avais pas bien vu le fils Ricky, lorsqu'il avait fait rugir son moteur, quelques semaines auparavant, sous les fenêtres de ses parents. C'était dans l'obscurité et les phares de son pick-up m'éblouissaient. Celui-ci avait aussi une barbe naissante et l'allure nerveuse mais cela ne voulait rien dire, je n'y croyais pas trop. J'ai eu impression qu'il dévalait l'escalier pour ne pas me croiser. M'avait-il reconnu ? D'ailleurs me connaissait-il ? M'avait-il vu avec le Black ? Spéculations. Toujours est-il qu'il s'est fondu dans le groupe.

Sous l'immense voûte du hangar transformé en brasserie, c'était la cacophonie. Les touristes s'étaient arrêtés de manger pour tenter d'y comprendre quelque chose. Ce qui était sûr c'est que les bikers voulaient foutre la merde.

Je n'ai pas pu m'empêcher de redescendre et de plonger dans la mêlée qui n'était pour l'heure que sonore. Les injures volaient à mi-hauteur, à hauteur de bar, alcoolisées. J'ai entendu des choses comme “sport de merde”, “bière de touristes” ou “jeu de tapettes”. J'ai souri tellement le cricket a, en Australie, cette image blanche et pure de sport familial et hétéro.

J'ai longé le bar et je me suis fait remarquer plus que je n'aurais voulu, avec ma silhouette qui les dépassait souvent d'une tête, mon allure de baba cool et mon bob vermillon. Mais pour l'instant ils n'en voulaient qu'aux serveurs, aux gérants, au restaurant tout entier et même à la bière pale-ale, celle qui pourtant les avait mis dans cet état.

Ils étaient bien trop ivres et trop excités pour s'arrêter. Ils ont commencé à s'en prendre à d'autres consommateurs, des jeunes un peu moins cons qu'eux sans doute mais lestés de bière eux aussi. Il fallait être bourré ou inconscient pour s'opposer aux *bikers* ce soir, avec tout ce qui s'était passé ces derniers jours. La bagarre devenait inévitable. Je me suis éloigné vers la terrasse, je ne me sentais pas vraiment à ma place même si j'étais fasciné par cette montée d'adrénaline et de bêtise. J'ai voulu me fondre dans la foule mais les tables étaient toutes occupées. Je tenais absolument à voir comment tout cela allait se terminer.

Mal m'en a pris.

J'étais calé contre une colonne, un peu à l'abri d'un groupe d'inoffensifs touristes. Les videurs sont entrés en scène. Je ne les avais pas remarqués tout de suite. Ce sont des vigiles qui officient dans tous les restaurants du port. Quand ils ont débarqué, ils ne savaient pas trop par où commencer. Les motards ou les jeunes naïfs ? Il était parfois difficile de les distinguer. Des filles hurlaient et montaient sur les chaises ce qui était la dernière chose à faire car la bagarre bousculait tout sur son passage. La seule conséquence, c'est que les filles hystériques tombaient de plus haut.

L'œil du cyclone s'est rapproché de ma colonne protectrice. En fonçant sur eux, les videurs ont resserré les deux groupes. Je suis parvenu à la baie vitrée, près de la terrasse, d'où de nombreux consommateurs s'étaient levés. Enfin, on a entendu la sirène des flics. Cela a dû sonner l'alarme dans leurs cerveaux embrumés. Il y eut un moment de flottement qui a fait reculer les petits coqs dont certains avaient le visage en sang. Les bikers, de leur côté, n'étaient plus que trois ou quatre. Leurs copains s'étaient habilement volatilisés, sauf deux qui restaient étendus entre les tables, au milieu des assiettes cassées et sous les regards effarés d'un groupe de seniors en goguette qui raconteraient tout cela pendant des jours à leur club de taï chi ou de bridge. Mais les derniers furieux n'avaient pas leur compte. Il fallait une victime expiatoire pendant les quelques secondes d'action qui restaient avant de s'échapper ou de se laisser embarquer par les policiers.

C'est tombé sur moi. Parce que j'étais seul ? Parce qu'ils n'ont pas manqué de me traiter de pédé ? Parce que ma grande silhouette paraissait fragile ou trop décalée ? Ou plutôt parce que, d'une manière ou d'une autre – que j'étais bien incapable d'expliquer –, ils savaient que je m'intéressais de près à certains d'entre eux ?

Je n'aurais pas la réponse à cette question. Les cris ont cessé avec l'arrivée de la police. J'ai bien compris que les motards voulaient filer par la terrasse. Mais ils voulaient surtout me casser avant de partir. Je pouvais aisément faire leur affaire à chacun d'entre eux séparément, d'autant que l'alcool ne prédispose pas à la vivacité au combat. Mais pas tous ensemble. J'ai d'abord essayé de m'enfuir plus vite qu'eux en me servant des chaises et des bancs pour ralentir leur progression. Mais il y avait leur masse en mouvement, comme un bulldozer qui aurait échappé à son conducteur. Assez impressionnant. J'ai assommé le premier qui s'est présenté d'un coup de bouteille – un cabernet sauvignon heureusement vide qui passait à ma portée. J'ai bloqué le deuxième en lançant un gros pot de frangipanier que j'ai basculé sur lui au moment où il m'atteignait et me coupait le souffle d'un coup de botte dans les côtes. Je l'avais heureusement esquivé, car c'étaient mes couilles qu'il visait.

Il en restait deux. Les flics traversaient la brasserie en enjambant les débris et en ménageant les touristes. L'un des deux mecs en cuir menait encore la chasse avec une lueur criminelle dans son regard au laser. Il était moins balourd que les autres. Un corps affûté, un peu caché par les vêtements trop épais, des bras costauds. Blond, tirant sur le roux, exactement la même couleur que la bière pale-ale qui coulait sous les tables renversées. Des cheveux décolorés, en fait, c'est pour ça que je ne suis sûr de rien. J'ai remarqué aussi une cicatrice récente qui lui barrait le nez. Moins fréquente qu'un tatouage canaque sur un avant-bras qu'il pouvait cacher sous les manches de son blouson. Sa détermination à m'écrabouiller m'a donné la certitude qu'il ne tapait pas au hasard.

J'étais arrivé au bout de la terrasse. Tout le monde s'était planqué sur les côtés. Je n'avais plus d'issue, terrestre tout au moins. J'ai grimpé sur la balustrade et j'ai plongé dans l'eau sans réfléchir avant que le biker aux yeux fous ne m'attrape les chevilles. J'étais sûr qu'il ne me suivrait pas.

J'ai plongé dans le noir et je me suis laissé glisser le plus profond possible. J'ai nagé sous l'eau pendant de longues secondes en longeant la coque du yacht blanc qui était amarré devant le restaurant. Je n'avais pas envie de me retrouver menotté dans le bureau d'Ange, au milieu de la nuit. A la poupe du bateau, j'ai ressorti la tête pour respirer et pour écouter les échos de la fête. J'ai entendu une galopade le long des quais. Je crois qu'ils ont fini par filer. Les flics avaient d'autres choses à faire dans le resto que leur courir après.

J'ai nagé le long des bateaux. Au fond, ce petit plongeon me faisait le plus grand bien. J'ai pris bien soin de regagner la berge beaucoup plus loin, de l'autre côté du port de plaisance. Je suis ressorti dans un coin désert, sur la jetée neuve, au milieu des blocs de ciment qui la soutiennent. J'ai même pu tordre mes vêtements et rentrer discrètement vers la ville et ma voiture.

La seule question qui me taraudait était liée au regard du biker. Pourquoi, oui pourquoi avait-il volontairement foncé sur moi ? Qui était-il ? Rod Ricky, dont ma banque de données personnelle ne disposait que du souvenir d'une silhouette épaisse aperçue dans la nuit ? Le tatoué du sauna qui semblait intéresser Ange ? Une seule et même personne ? Aucune des différentes réponses que j'apportais ne me plaisait vraiment.

XIX

GINGIN

Mon bain forcé ne m'a pas empêché de mettre mon projet à exécution et de poursuivre mon enquête comme je me l'étais promis avant de me faire agresser. Je ne suis parti qu'en fin de matinée le lendemain. Une histoire de loyer et de note de téléphone à payer à mon proprio. Je ne voulais pas qu'il me vire, je ne voulais pour rien au monde être chassé de mon cocon en face de la Swan River. J'avais les moyens de prétendre à ce havre et je ne voulais pas en déchoir par négligence. D'ailleurs j'envisageais même d'en entrouvrir la porte puisque j'avais acheté quelques bouteilles et commencé à recevoir des amis comme Ange.

En été, en fin de matinée, une fois franchies les collines blondes parsemées de rares eucalyptus, la route vers Gingin devient si droite et plate que le soleil miroite sur le goudron. Les *road trains*, ces camions interminables, paraissent alors flotter dans le lointain sur des flaques d'eau scintillantes. De vrais mirages qui roulent à plus de cent vingt kilomètres à l'heure dans un bruit de tonnerre et l'impression déchirante d'être capables de tout écraser sur leur passage. Surtout les kangourous imprudents. Malgré ces engins de mort, j'avais beaucoup de plaisir à remonter vers le nord dans cette campagne d'un autre âge. Elle me fait penser à l'époque victorienne, à *Tess d'Uberville.* Des maisons à véranda, je m'attendais à voir sortir des femmes vêtues de noir jusqu'aux chevilles, le regard apeuré. Gingin a le côté assoupi de ces lieux perdus où le temps filerait à un rythme différent. Les barrières des champs sont toujours des poteaux de bois brut. Même si ce n'est pas le trou du cul du monde comme m'avait dit Clive, car ce n'est qu'à deux heures de Perth, en bordure de la grande route de l'Ouest.

J'ai garé la voiture dans la grand-rue. Il n'y a que deux rues qui se croisent. Celle des maisons et celle des commerces qu'on peut appeler la grande à cause du bâtiment du conseil municipal et de sa largeur ; pas de son hectomètre de long. Quand j'avais passé le pont, une petite brise s'était levée le long des rives et une aigrette sauvage a été importunée de mon approche.

Le *Gingin's Café* était à l'ombre. Je me suis assis sur la terrasse et j'ai attendu. En arrivant, j'étais passé devant la station Gull, cette station-service où s'était noué le drame familial. Mais je ne voulais pas y retourner. Peu de monde s'y attarde maintenant et sa peinture blanche est de plus en plus écaillée. C'est un vieux qui la tient, il a un accent à couper au couteau, il n'est pas là pour gagner de l'argent, seulement pour survivre. D'ailleurs la première fois, je n'en avais pas tiré trois mots. Mais c'est chez lui que j'avais rencontré l'homme araignée. Il était entré silencieusement dans la supérette qui jouxte la caisse de la station. A moins qu'il n'ait été là depuis une éternité, caché derrière un réfrigérateur de Coca-Cola. Je ne l'avais pas entendu mais je crois qu'il se déplace sans un bruit. Il est long, la tête hérissée de poils blonds en désordre, une paillasse. Ses membres dépassent de ses vêtements rapiécés, trop courts pour les chevilles et les poignets. C'est là qu'on voit son squelette filiforme. Ce doit être pour ça qu'il se déplace avec lenteur, pour ne pas se casser. Mais dans ses yeux, au-delà de la brume d'une drogue légère, il y a une vivacité toujours en éveil. Il précède vos pensées, même avec ses mouvements ralentis. Ce jour-là il était pieds nus.

C'est par lui que j'avais appris l'essentiel. C'est lui qui au fil d'une conversation décousue – le football australien, les motos, Amsterdam, le loto, la marijuana –, m'avait tout expliqué sur les trafics de Rod, sur l'enseigne effacée où les cinq lettres de "Ricky" apparaissaient encore en relief, sur les camions maintenant beaucoup trop rares et sur la taille imposante de la blonde, l'amour du fils.

Il m'avait dit qu'elle était décolorée, très décolorée. Que ses jupes étaient voyantes et courtes, sa poitrine imposante, qu'elle était bien grosse finalement. Et que personne ne l'avait revue depuis cette époque. L'hypothèse d'un départ en douce dans la cabine climatisée d'un monstre de la route pour se perdre quelque part dans le désert entre les bras musclés et poilus d'un camionneur semblait la plus probable.

J'ai l'air de me moquer en parlant de cette forte personne. Peut-être que la description donnée par l'homme aux pattes de mouche incitait à en rire. Mais il n'y a aucune raison. Le milieu gay adore les *bears*, les ours poilus qui dépassent souvent le quintal, dont le bide déborde au-dessus de la ceinture. Je ne vois pas pourquoi certains hétéros comme Rod n'aimeraient pas se perdre avec délice dans la chair opulente d'une vraie femme. Une ourse en quelque sorte.

Aujourd'hui, à la terrasse du *Gingin's Café*, j'attendais de nouveau quelque chose. Quoi ? Difficile à dire d'emblée mais je savais que c'était là que ça se passait ou tout au moins qu'ils passaient tous. Les fermiers rougeauds en forme de bouteille d'Orangina, les femmes aux cheveux longs, souvent belles, qui rappelaient Nicole Kidman en fermière dans *La Tache*, les rangers chargés de la surveillance des parcs avec des shorts beiges serrés sur des cuisses épaisses. Ils venaient tous là parce que la porte voisine est celle du *liquor store*. Et pendant que je mangeais un sandwich à la saucisse et une part de cake, je les voyais descendre de pick-up ou de 4X4. Ils ne restaient jamais longtemps dans la boutique mais ils ressortaient toujours avec de la bière en packs de douze ou de vingt-quatre.

A vrai dire, j'ai fait chou blanc pendant pas mal de temps. Personne ne voulait entamer le moindre dialogue, même si je sais bien faire ce genre de choses, l'air de rien. M'avaient-ils vu, la première fois ? Personne ne s'arrêtait pour boire un pot ou pour manger quelque chose sur cette foutue terrasse. Au milieu de l'après-midi ma pêche était complètement nulle. J'ai deviné une méfiance chez les habitants – les Ginginois ? – que je n'avais pas sentie la première fois.

Je m'étais levé parce que je n'obtenais rien. La chaleur était plus obsédante que jamais. Je suis parti me réfugier en face, un peu plus loin à l'ombre de l'église anglicane. Il y a plusieurs églises à Gingin : catholique, protestante unifiée et d'autres encore. Elles sont petites et l'anglicane paraît la plus ancienne. Les tombes du cimetière qui restent debout datent toutes non pas du siècle dernier mais du précédent, le XIXe. Je me suis abrité sous les arbres qui les protègent. Et j'ai été particulièrement ému de lire les noms d'un autre temps. Jones, Ridley, Edwards ou York. A cette époque-là, avec la chaleur de l'été, avec les *bushfires*, ces fameux feux de forêt naturels, sans le confort moderne, ce devait être l'enfer. Gingin est une construction de l'*Homo sapiens*, incongrue, quasi virtuelle, qui tente de domestiquer une terre rebelle. Ce n'est peut-être qu'une parenthèse de deux siècles de civilisation au milieu de dizaines de milliers d'années d'état sauvage. Peut-être.

J'en étais là de mes rêveries quand j'ai été interrompu par l'homme araignée. Cette fois il n'était pas seul. Une fois de plus il s'était approché sans bruit. Il n'avait que la rue à traverser pour me rejoindre devant le cimetière. Il devait sortir du magasin de matériel agricole ou plus sûrement du *liquor store* car lui et son copain portaient chacun un pack de douze bières. Il m'en a tendu une, sans me demander mon avis, et j'ai compris que je ne pouvais rien faire d'autre que la boire, d'ailleurs elle était fraîche. Il ne m'a pas présenté son copain sans bras. J'ai su après qu'ils s'appelaient Dale et Dough mais j'ai du mal à me souvenir lequel était Dale, lequel était Dough.

— Tu viens encore fouiner ?

— Je passais.

— Mais bien sûr ! Tu serais bien le seul en ce moment. Ils débarquent tous, les flics, les enquêteurs. Il y a même eu des journalistes mais l'histoire ne les a pas accrochés. Trop imprécise, trop incertaine. Cela ne leur permet pas d'écrire un bon fait divers saignant. D'ailleurs le sang, on n'en a jamais trouvé.

— De quoi parles-tu ?

— De ce qui t'intéresse, justement.

Je n'arrivais pas à détacher mes yeux de son copain. Ou plutôt des bras de son copain. Je crois que c'était lui, Dough. D'un côté il n'avait qu'un moignon mais de l'autre c'était presque un bras normal, simplement la main n'avait que trois doigts. D'ailleurs, il fallait bien que le bras soit presque normal sinon il n'aurait pas pu porter le pack d'Emu Bitter. Il avait des cheveux longs et bruns et une belle tête charnue avec des sourcils épais. Il devait être plus jeune que Dale l'araignée qui donnait toujours cette impression de fragilité avec sa peau claire presque albinos et ses pieds nus sous des pantalons trop courts. Ma présence ne les étonnait pas, Dale m'a dit :

— Tu sais bien poser les questions mais j'ai compris pourquoi, après que tu es venu.

— Pourquoi ?

— C'est Meg qui t'intéressait.

— Meg ?

— La femme de Rod, celle qu'ils recherchent, la grosse blonde.

J'ai soudain compris la méfiance du village. Ils étaient importunés tout le temps par des étrangers, sans doute flics ou journalistes, qui posaient des questions. Des fouineurs qui voulaient tout savoir. Heureusement que Dale m'avait reconnu, sinon j'étais bon pour repartir bredouille. Il m'en a dit un peu plus. Par exemple que la disparition de Meg, il y a plusieurs années, commençait à poser des problèmes.

— Bref, on ne l'a jamais revue.

Mais depuis quelques semaines l'affaire était ressortie. Les deux copains ne m'expliquaient pas pourquoi et d'ailleurs s'ils le savaient ils ne me l'auraient probablement pas dit d'emblée. Pour eux c'était comme un jeu, une sorte d'espièglerie. Ils avaient dû les balader, les flics. Ils s'y entendaient à faire les idiots, cela les faisait bien marrer quand ils me l'ont raconté par la suite. Mais ils m'avaient à la bonne.

— Viens avec nous, on va te montrer.

Sans me demander mon avis, ils se sont dirigés vers un pick-up sans couleur à force d'avoir servi sur les chemins et dans la poussière d'été. Je me suis demandé lequel allait conduire de l'homme aux pattes fragiles ou de Dough, son ami sans bras. En fait c'était ce dernier, la main à trois doigts tournait le volant et la transmission du pick-up était automatique. A moitié assis sur le frein à main, coincé entre les deux, je n'en menais pas large. Ils semblaient ne pas s'apercevoir de ma gêne, avec ma grande carcasse recroquevillée. La chaleur est encore montée quand la voiture s'est mise à rouler, comme si le déplacement dans l'air brûlant fabriquait une énergie nouvelle. Ils riaient tous les deux, presque en silence. Ils roulaient sans à-coups, par habitude, dans l'indolence des vapeurs de bière.

Nous ne sommes pas allés très loin, juste à la sortie du village. La blondeur des collines de l'autre côté de la rivière était maintenant accentuée par le soleil déclinant. C'était vers Bindoon, une autre bourgade fermière un peu plus à l'est. Ils se sont arrêtés au croisement de deux routes et nous sommes descendus du pick-up. Dale avait sur la tête un extravagant chapeau de toile rose fané qui protégeait sa peau immensément pâle des allergies du soleil. Il paraissait encore plus fragile en pleine nature et à chaque instant j'avais l'impression que son corps mince pouvait s'effriter. Je les ai suivis. A mi-hauteur de la colline, ils se sont arrêtés. Ils m'ont montré du doigt la grande citerne au sommet qui devait approvisionner le village.

— C'est là qu'ils l'ont trouvée.

— Qui ? Meg ?

— Mais non, idiot. Je t'ai dit que, Meg, ils ne l'ont jamais retrouvée. Je te parle de la chaussure.

A ce moment-là Dough a parlé. Comme c'était la première fois que j'entendais le son de sa voix, j'ai été frappé par sa mélodie douce. Jusque-là, il s'était contenté de me sourire d'une manière un peu narquoise

— Verte, en plastique, avec des lanières.

Dale a renchéri :

— C'est pour ça qu'ils ne l'ont pas retrouvée plus vite, elle était au fond, tout au fond et elle ne pourrissait pas.

— Et c'est pour ça que tout le monde vient maintenant poser des questions ?

— Sans doute…

Ils ont éclaté de rire pour détourner la conversation. C'est seulement en rentrant en ville, un peu plus tard, après que nous eûmes contourné la colline en silence comme pour mieux nous pénétrer de l'idée d'une chaussure verte et célibataire, c'est seulement quand nous sommes rentrés dans Gingin qu'ils m'ont dit :

— Tu as vu la maison bleue ?

— Laquelle ?

— Près de la citerne, il n'y en avait qu'une de toute façon.

J'avais aperçu en effet un cottage coquet mais sans charme, en bois avec l'inévitable véranda et le toit en zinc. J'avais tout de même remarqué des stores blancs qui filtraient le soleil et qui contrastaient avec la couleur crue de tout le bâtiment.

— Oui, vaguement.

— C'est là qu'habitaient Nicole et John Ricky.

Je ne suis pas rentré à Perth ce soir-là. J'en aurais été bien incapable après toutes les bières qu'ils m'avaient forcé à boire et les bouffées de shit que j'ai fini par accepter. Le *Gingin's Café* était un peu plus animé le soir, à peine. Quelques gars seuls à qui ils adressaient une phrase ou deux. Mais ces deux-là savaient se tenir et donc aussi me tenir à l'écart. Je n'ai pas cru tout ce qu'ils disaient parce qu'ils enjolivaient leur histoire et que rien n'aurait pu les empêcher de placer un bon mot plutôt que de s'en tenir à la stricte vérité. A moi de trier. Je crois que j'y suis assez bien arrivé avant que je finisse par perdre ma lucidité dans les brumes tièdes des substances illicites.

Une chaussure de Meg était donc réapparue récemment et il avait suffi de la sortir de la grande citerne en haut de la colline pour amener la population de tout un village et les autorités à vouloir connaître enfin le destin de cette fille dont personne ne savait rien, finalement. C'était difficile parce que l'affaire remontait à plusieurs années déjà, cinq ou six ans, et les souvenirs des uns et des autres s'étaient estompés dans la chaleur abrasive des étés successifs. Dale et Dough étaient parmi ceux qui l'avaient bien connue parce qu'ils fréquentaient le magasin de Rod – sans s'être liés d'amitié avec lui. A l'époque le *Gingin's Café* n'existait pas et la station-service faisait office de café du Commerce pour tous les fermiers, tous les journaliers qui ne venaient au centre qu'une fois par jour. Que faisaient mes deux énergumènes à cette époque ? Je n'en sais foutre rien.

Le lendemain matin quand je me suis réveillé encore *stoned* dans mon motel du bout du village, ils s'étaient envolés depuis longtemps et j'avais peu de chances de jamais les revoir. Ils m'avaient dit ne pas vouloir parler aux flics et au fond ils me chargeaient de prendre leur déposition. A moi de leur faire confiance. Ils avaient deviné que je saurais vérifier mes sources.

Un jour Meg était descendue d'un camion de bétail sans qu'on sache bien lequel. Faisait-elle du stop ? En avait-elle été chassée, de ce camion ? Personne n'était capable de le dire car il y en avait des dizaines qui passaient par les abattoirs de Gingin. Elle avait loué une chambre à l'arrière de la station-service, à l'étonnement de tous car Rod n'avait jamais loué à une femme auparavant, même accompagnée. Le cas d'une femme seule ne s'était jamais présenté, en réalité. La présence de cette opulente personne avec ses cheveux comme une perruque, ses chaussures à talons hauts, son maquillage outré et sa poitrine énorme, avait considérablement augmenté le trafic de la station

Gull. Cela tombait bien car le business de Rod faiblissait, sans doute à cause de son caractère difficile, de son manque de chaleur avec les gens du coin, de ses pinaillages pour des broutilles.

John et Nicole Ricky s'étaient installés un peu à l'écart. Pour tenter d'aider leur fils. Nicole travaillait à la caisse de la supérette. Et puis la fille était arrivée. Et puis l'ambiance s'était détériorée. Le téléphone arabe – ou les radios ondes courtes – fonctionnait à merveille. Mais les gars du coin n'avaient pas eu beaucoup de temps pour profiter des charmes de Meg qu'elle semblait dispenser avec une grande facilité. J'ai bien compris, sans qu'ils me l'aient dit, que mes deux lascars en avaient eux aussi goûté et qu'ils n'en avaient pas gardé un mauvais souvenir, loin de là. Le seul qui ne participait pas à la fête, c'était Rod. Il restait dans son coin, parlait de moins en moins sinon à sa mère et souvent sur un ton emporté. Il paraît que Nicole Ricky réussissait à ramener l'ordre dans cette ambiance délétère et parvenait à garder la clientèle par sa disponibilité et son sourire. Gingin, à ce moment-là, était saisi de folie. Dans les chaumières il y eut des ruptures, des scènes de ménage, des hurlements et des bagarres. Du fond de sa chambre, dont elle ne sortait presque plus, Meg dictait sa loi aux fermiers, à tous les routiers, qui ne s'arrêtaient plus seulement pour décharger le bétail, et bientôt à tout le comté.

La folie a duré peu de temps, quelques mois à peine.

Un jour, tout s'est arrêté. Rod a pris un coup de sang. Lui qu'on n'avait jamais vu draguer sa locataire a soudain décidé de lui faire changer de vie. Ils se sont mis en ménage et, du jour au lendemain, le village, le comté et les *truckdrivers* de la côte ouest ont su que la fête était finie. Meg trônait dorénavant à la caisse et le fils Ricky n'admettait plus que quelqu'un s'approche d'elle. Comment était-il parvenu à un tel résultat ? Que lui avait-il proposé pour l'éloigner d'un commerce qu'elle semblait pratiquer avec talent ? On peut juste supposer que c'était la première fois qu'un homme lui offrait autre chose qu'une relation sexuelle rapide.

La première à partir de la boutique, ce fut Nicole. John n'y apparaissait plus jamais et s'il parlait encore aux gens du village ce n'était que de succincts échanges de politesse. On aurait dit qu'il était arrivé là contraint par sa femme. Lorsqu'elle avait renoncé à tenir la caisse de la supérette, le trafic avait beaucoup ralenti. Nicole avait dû subir une violente altercation avec le jeune couple. Tout cela s'était su et la station Gull avait évidemment perdu beaucoup de charme.

Et puis, un matin, quelques mois plus tard, Meg n'était plus à la caisse, ni sa perruque blonde peroxydée, ni sa poitrine qui débordait sur le comptoir, ni la paire de chaussures vertes que ceux qui l'avaient croisée le dernier jour – Dale était de ceux-là – étaient sûrs de lui avoir vue porter. Rod avait ouvert très tôt comme d'habitude. A ce moment-là les routiers avaient déjà déserté l'étape et aucun d'entre eux n'avait passé la nuit dans une des chambres, derrière les pompes et le magasin.

En fait ce jour-là, personne n'avait rien su parce que personne n'avait osé demander quoi que ce soit. Ni les jours qui ont suivi. C'est pourquoi, plusieurs années après les faits, les habitants de Gingin avaient préféré effacer de leur mémoire cette folie de quelques mois, et ils avaient bien du mal à formuler des hypothèses. La seule chose dont certains se souvenaient, c'est que Rod avait tourné dans sa boutique vide comme un lion en cage pendant plusieurs semaines. Plus personne n'osait lui parler, plus personne n'osait même approcher, trop contrits d'avoir la preuve qu'ils avaient tous péché un jour ou l'autre quand la blonde était encore au village.

Aujourd'hui encore, si j'ai bien compris, les gens préfèrent oublier. L'homme araignée avait été étonné, il me l'a dit, que je sois venu poser des questions il y a plusieurs semaines, à Noël. Avant même que la chaussure verte ne soit retrouvée par des nettoyeurs dans la citerne. Je ne lui ai pas dit que je connaissais John et Nicole et que je m'inquiétais pour eux. Simplement que des relations m'en avaient parlé, en évoquant leur village.

Qu'était devenue Meg ? C'est la question que personne n'avait jamais voulu formuler dans le village. Ils avaient préféré penser à une fuite en camion. Personne n'avait jamais cru que Rod ait été capable de retenir une telle tornade plus de quelques semaines. Alors sa disparition ne les avait pas intrigués. Mais les camions ne passaient presque plus à ce moment-là déjà. Meg avait-elle sauté dans le dernier wagon ?

Un jour, c'est Rod qui était parti à son tour et personne ne s'en était inquiété. La fête était bien finie et les habitants, les fermiers, les rangers, les quelques amis, même de circonstance, étaient soulagés et ils ont recommencé à venir à la station-service pendant quelque temps. Ses parents disaient que Rod avait trouvé un autre job dans les mines, leur laissant l'affaire, le stock, les problèmes administratifs et probablement les dettes. C'est à cause de tout cela qu'ils avaient vécu là encore quelques mois dans la maison de planches bleues, isolée. Sans jamais faire la moindre histoire. Ils avaient mis assez longtemps à trouver un autre gérant, le vieux bougon. Et puis un jour, comme tous, tout au long de cette histoire d'apparitions et de disparitions soudaines à côté des pompes à essence, ils avaient déménagé à leur tour. Sans dire au revoir ni merci.

A un moment de la soirée j'avais dit aux deux coquins du village – qui commençaient à me saouler avec leurs histoires, leurs fous rires, leurs bières, leurs apartés et leurs joints – que Meg était peut-être une drag-queen, que je l'avais entendu dire…

— Tu n'as pas vécu là à cette époque, même toi tu aurais été capable de t'en apercevoir.

J'avais encaissé le "même toi" amoindri par l'ouate cotonneuse qui commençait sérieusement à obscurcir mes capacités intellectuelles. Mais je voulais en avoir le cœur net.

— Enfin les gens le disaient à cette époque ?

— Comment le sais-tu ?

— J'ai rencontré une fille qui m'en a parlé.

— Qui ?

Je m'en étais tiré par une plaisanterie graveleuse qui ne les avait même pas fait rire. Je ne voulais pas embarrasser Clive et d'ailleurs je ne me souvenais même plus du nom de famille d'Alexandra. Mais l'araignée s'était encore moquée de moi.

— Quel imbécile tu fais ! Bien sûr qu'on l'appelait la drag-queen. Mais ce n'était pas un travesti, tous les hommes pourraient te le confirmer s'ils voulaient te parler. On l'appelait comme ça parce qu'elle en avait l'allure. Elle était même plus caricaturale encore, une drag-queen aurait été plus distinguée.

XX

L'AMABILITÉ DU FILS

En revenant de Gingin, je n'ai pas traîné, je voulais en avoir le cœur net. J'ai donné un coup de fil à Dick Cheney mon copain journaliste qui travaille à la rubrique des sports du *West Australian.* Sa spécialité, c'est le sport, pas les faits divers, même si Ange dit le contraire. Je voulais juste consulter les archives du journal, pas lui raconter toute l'histoire. Dick est malin et il sait toujours à quelle porte il faut frapper. J'avais intérêt à vite organiser une partie de golf pour jouer avec lui. En réalité, c'est lui qui me l'a proposée le premier.

— Il faudra que je t'emmène à Secret Harbour, c'est sur la route du Sud à une cinquantaine de kilomètres.

— Quand tu veux.

— Dès que j'en ai fini avec le cricket.

— Tu fais le cricket, maintenant ?

— Bien obligé, avec toutes ces histoires…

Ce n'est pas tombé dans l'oreille d'un sourd et je lui ai proposé d'aller jouer le soir même, en fin de journée, à Wembley non loin de son bureau. Je ne devais pas attendre, je risquais de perdre un informateur précieux, j'avais bien envie de savoir ce qu'on disait dans les rédactions de l'épidémie de décès insolites qui frappait le sport national et surtout savoir quels liens ils établissaient avec les exactions des motards.

Avant d'aller jouer, comme je suis arrivé en avance, il m'a dit que je pouvais consulter les archives à son bureau. Après, à Wembley, j'ai noyé le poisson, j'ai beaucoup parlé de golf et je ne lui ai pas dit pourquoi cette histoire m'intéressait tellement.

Dick n'en savait d'ailleurs pas beaucoup plus sur la mort des cricketers, ni sur un rapport éventuel avec les bikers. Soupçonnait-on dans les médias que tout cela était lié et que derrière il y avait un effroyable chantage ? En tout cas il ne m'en a rien dit. Pas plus que tout ce que j'avais pu lire dans les journaux ou entendre aux infos. Moins que ce que m'avait raconté Ange.

Mine de rien, en l'attendant, avant d'aller taper la balle avec lui, j'avais un peu fouillé dans les éditions locales du *West Australian*. Sur Gingin, je n'avais trouvé que des entrefilets. Des délibérations du conseil municipal, des réunions de fermiers et presque rien d'autre. A part un avis de recherche d'une dénommée Meg Ryan ou Rioni, ils n'étaient pas sûrs. Ce qui était étrange mais qui confirmait ce que je savais déjà, c'est que personne ne semblait s'inquiéter d'elle, pas la moindre famille. L'avis émanait de la police du comté et datait de deux semaines déjà. La pudeur des habitants de Gingin reprenait le dessus. Plus tard, le journal disait que personne ne s'était manifesté.

Ce n'était pas tout à fait vrai, je l'ai su plus tard par Ange. A lui aussi j'ai téléphoné en rentrant. Je n'ai pas prétexté une partie de golf, il m'aurait ri au nez, il était plus que jamais débordé. Mais cela ne l'avait pas empêché de s'intéresser à mon cas. Ou plutôt au cas de mon voisin. Car, sans me le dire, il gardait un œil sur Rod Ricky ; et pas seulement pour me faire plaisir. Il avait confié l'affaire à un de ses adjoints, Patterson, mais il suivait le dossier. D'autant que, de là-bas, je lui avais envoyé un petit rapport par mail. A ma grande surprise il l'avait bien mémorisé.

Ange m'a dit que la police avait eu quelques coups de fil à propos de Meg. En fait, il ne connaissait pas en détail l'histoire de cette femme. Des disparitions de cette nature, il y en a des dizaines chaque année.

— Et la plupart du temps, on ne retrouve personne. Certains disparaissent vraiment, il doit y avoir des accidents, des crimes peut-être. Mais l'Australie est si vaste.

— Vos avis de recherche ?

— On a eu deux ou trois appels. Des camionneurs. Ils se souvenaient d'elle, elle ne faisait apparemment rien pour ne pas se faire remarquer. Des gars qui l'avaient prise en stop. Mais on a vérifié, c'était avant qu'elle aille à Gingin ou juste à ce moment-là. Depuis, rien.

— On en sait plus sur elle ?

— Si ce qu'elle avait raconté est vrai, elle a été barmaid à Sydney, elle venait de la côte est. Elle allait gérer un bar à Perth. Enfin c'est ce qu'elle disait. Un peu trop souvent.

— La chaussure verte ?

— C'était bien à elle, tous les témoignages concordent mais on n'a rien retrouvé d'autre. Elle l'a peut-être oubliée.

— Dans une citerne ?

— Quelqu'un a pu la jeter là.

Mon ami policier pensait déjà à autre chose et je ne lui en voulais pas. Il m'a dit de contacter le lieutenant Patterson si j'avais du nouveau. Maintenant que j'avais été là-bas et que j'avais mesuré le trouble qui avait profondément marqué le village quelques années plus tôt et dont on retrouvait encore des traces en creux, comme si cet épisode de débauche était imprimé pour toujours dans la conscience collective, maintenant que ma curiosité était définitivement piquée, je voulais tout connaître de cette tragicomédie.

Ange avait d'autres chats à fouetter, je le savais par ses confidences. De toute façon, même s'il pouvait y avoir un rapport entre Rod Ricky et les motards, le fils Ricky restait à l'extrême périphérie de la mafia qu'ils avaient dans le collimateur. Tant et si bien que je ne l'ai pas averti de ce qui s'est passé le lendemain même aux abords de Preston Point Road. J'aurais dû.

Ce jour-là, voyant les fenêtres ouvertes et un semblant d'agitation dans la maison d'à côté, j'avais pris mon courage à deux mains et j'étais parti sonner à leur porte, ce que je n'osais jamais auparavant car les Ricky tiennent trop à leur réclusion.

Personne n'avait répondu. Mais j'entendais du bruit et j'avais insisté. Mal m'en avait pris. La porte avait fini par s'ouvrir brusquement. C'était Rod le fils. Je le voyais enfin de près. Un peu plus grand que je ne le pensais, plus fripé aussi mais c'était peut-être à cause de l'alcool. A onze heures du matin, il avait déjà les yeux injectés de sang et un jean déchiré. J'avais surmonté ma surprise pour simplement demander Nicole d'un air détaché en disant que j'étais un de ses amis. Un torrent d'injures.

Une colère d'alcoolique. Il s'était contenté de m'insulter du haut de son perron et ne m'avait rien dit de ses parents. M'avait-il reconnu ?

Car, en fait, ce n'était pas la première fois que je le voyais mais ce n'était pas non plus ce que j'attendais. L'homme qui se tenait devant moi n'était pas celui que Clive m'avait désigné aux *Little Creatures.* D'abord il n'avait pas la moindre cicatrice sur le visage. Il n'avait pas cette silhouette énervée de l'homme au regard noir et au motif doré sur le blouson. Les cheveux emmêlés de Rod, son tee-shirt taché et son jean effiloché ne cachaient pas sa stature et ses muscles, et j'avais tout de suite compris. L'humiliation que nous lui avions infligée avec Clive devait être fichée dans son cerveau comme un coup de poinçon. Et c'est cela qui avait provoqué sa colère s'il n'était pas trop bourré pour avoir de tels éclairs de lucidité.

Eh oui, Rod et le gommeux bodybuildé n'étaient qu'une seule et même personne. Le fils Ricky et le prétentieux que nous avions jeté hors des *change rooms* de Swanbourne quelques semaines auparavant étaient le même homme, devant moi. C'était bien ma veine. Si maintenant je devais passer par lui pour avoir accès à ma copine Nicole…

J'avais rebroussé chemin avec le détestable sentiment d'avoir eu peur de ce type. Qui, par parenthèse, n'avait pas non plus de tatouages canaques sur les bras, pas de tatouage du tout à cet endroit-là en tout cas. Quand il avait ouvert la porte, il ne portait qu'un débardeur. Auréolé de sueur.

XXI

BOUM

Il s'appelait Donald Westside, il se faisait surnommer Don et cela collait bien avec son côté protecteur, presque patriarche alors qu'il avait à peine cinquante ans.

Ange avait un grand respect pour son patron. Il l'avait présenté à Ashe au cours d'un de ces cocktails insipides où ils s'étaient retrouvés des mois plus tôt. Mais il s'agissait d'une opération de *charity* pour la communauté gay et le Français n'avait pas pu refuser. Le charisme et la simplicité de ce type l'avaient frappé.

Un des jeunes collègues de ce policier de haut niveau s'appelait Dan. Il était lui aussi en charge, en ce moment, des bikers. Dan travaillait avec Don *(funny, isn't it ?)* sur cette affaire qui prenait des proportions inattendues et qui secouait les milieux politiques fédéraux à Canberra. Dan était venu de Liverpool avec femme et quatre enfants pour oublier la bruine et l'humidité britanniques. Et pour changer de vie.

Et puis voilà.

Cela s'est passé le soir, après la première rencontre, le face à face d'Ashe et de Rod Ricky. Quelques jours avant l'Australia Day, le 26 janvier, la fête nationale.

Une bombe.

Don, le patron d'Ange, avait été nommé en Australie-Occidentale soi-disant pour remettre de l'ordre dans la police. Ce n'était pas faux, ce n'était pas complètement vrai non plus. On l'avait nommé là parce qu'il était l'un des meilleurs flics australiens et que le problème des bikers était en train de gonfler démesurément sur la côte ouest. Dans tout le pays, ils forment des gangs plus ou moins dangereux et plus ou moins bien organisés. Au-delà des mascarades, de leurs barbes sales, de leurs gros ventres remplis de bière et du vrombissement de leurs motos, certaines de ces mafias contrôlent quelques juteux trafics. Alcool justement mais aussi drogue, prostitution, racket immobilier et même trafic de passeports et sans doute d'immigrés. Les tentacules de leurs organisations disparates sont en train d'enserrer peu à peu l'économie. A Canberra, au gouvernement, on s'était bien rendu compte depuis un moment que cet abcès, jusqu'alors contenu, était en train de gangrener tout le pays. Et que pour l'heure il allait crever du côté de Perth justement, ce Far West si commode pour les aventuriers, cette région en pleine réussite capitaliste, en pleine hystérie minière et immobilière, qui suscite les convoitises de ces gangs-là. Les bikers ne sont pas des aventuriers, seulement des malfaiteurs violents, mal élevés, blancs toujours, racistes de surcroît. Ils sont les soutiens occultes d'une extrême droite encore dispersée mais qui, poussée par les fermiers, les laissés-pour-compte, les esprits rétrécis et quelque pasionaria comme Pauline Hanson, est en train de prendre une place grandissante dans le paysage politique. En fait, tout cela existait depuis longtemps. Mais la conjonction des nouvelles ambitions de plusieurs chefs bikers et de cette poussée de l'extrême droite, ceci expliquant cela, risquait de rompre l'équilibre fragile de l'économie et de la politique australiennes. En envoyant Donald Westside à Perth, les autorités entendaient bien reprendre la main et éradiquer ce cancer en pleine croissance. D'ailleurs, l'arrestation de Stadler, un de leurs principaux leaders, semblait aller dans ce sens.

Raté.

Don avait emmené son jeune collègue Dan dîner avec lui à Subiaco. Dan, lui, était chargé de suivre les bikers partout. Ils ne se cachent pas, il faut le dire. Quand ils organisent un grand rassemblement, un grand rallye avec des centaines de motos comme à Rockingham quelques semaines auparavant, c'est une manière commode de dire à la population australienne : "Voyez, on vous affirme que nous sommes des gangsters mais rien de tout cela n'est vrai. Nous sommes seulement une bande de *mates* (de copains) comme vous." D'ailleurs ces rassemblements se passent en général plutôt bien, hormis quelques beuveries et quelques bagarres à même de les rendre sympathiques à l'ensemble des Australiens.

Dan, le plus jeune, assistait toujours à cela, il les surveillait, avec quelques collègues, lors de ces virées, lorsqu'ils jouaient à la horde sauvage. Il devait sûrement être à Rockingham. Dans ces rassemblements, les policiers n'avaient pas grand-chose à faire sinon grappiller des renseignements et montrer aux gens que la police veille. Mais les bikers se gardent bien de mélanger les genres. Ce n'est pas lors de leurs grands rallyes qu'ils laissent apparaître leurs véritables activités.

C'est de tout cela qu'ils ont dû parler ce soir-là Don et Dan. Ils sont allés dîner au vu et au su de tous dans un restaurant plutôt familial de ce quartier branché. Ils ont dû évoquer la difficile arrestation de Stadler et les nouvelles menaces qui n'avaient pas encore franchi les portes des médias et du grand public. Ils étaient sur la corde raide, les pressions venaient de toutes parts, mais ils avaient une réputation de grands pros. Ce qu'ils étaient. Aucun des témoins de leur dîner n'a eu grand-chose à dire sinon que les deux hommes avaient paru préoccupés. Enfin, c'est ce qu'un couple a rapporté dans les jours qui ont suivi mais il y a fort à parier que c'est ce que leur mémoire leur restituait après l'effet de choc.

Don avait garé sa voiture au bout du parking, derrière chez *Coles*, le supermarché. C'est au cœur même de Subiaco mais, la nuit, le parking, un peu en retrait de la rue principale, est sombre, désert et presque inhospitalier. Lorsqu'ils sont remontés à bord et que Don a tourné la clé de contact, la déflagration a secoué tout le quartier sans faire trop de dégâts, sinon aux voitures vides qui s'étaient garées à côté de la Toyota de Don et à l'eucalyptus qui en temps normal ombrage l'arrière-boutique de *Coles*. Mais la bombe était suffisamment puissante pour tuer. Don est mort sur le coup et Dan va traîner, s'il survit, d'hôpitaux en centres de rééducation pendant des mois. Triste ironie pour cet Anglais blond qui avait quitté l'Angleterre avec famille et bagages pour ne pas être confronté à la violence urbaine et aux attentats de l'IRA.

La preuve que l'assassinat de Donald Westside a été perpétré par les bikers sera bien difficile à apporter. Leur chef, Lee Stadler, arrêté quelques jours auparavant, médite en prison. Il ne dit pas grand-chose, il nie avec arrogance, il dit qu'il est victime d'un complot, qu'on lui fait porter le chapeau. Des documents trouvés chez lui – très codés – ont permis d'avoir la confirmation de sa position à la tête du gang. Mais même si des indices concordants en ont donné la quasi-certitude à la police, rien de concret n'a pu être découvert par la suite en lien avec l'attentat. Trop bien organisé.

TROISIÈME PARTIE

XXII

EMBALLEMENT MÉDIATIQUE

Pendant les quelques jours qui ont suivi, juste avant l'Australia Day, j'ai eu l'impression d'une sorte de vide, de suspension du temps, comme le calme avant la tempête.

La tempête c'était dans ma tête et dans les médias mais la ville semblait tranquille, trop tranquille. Les vacances scolaires n'étaient pas terminées, ce qui accentuait le côté désert de Perth et de ses banlieues. Parfois, en partant de Fremantle, je traversais Applecross, Como, Victoria Park pour me rendre au centre. C'est le chemin normal mais j'avais l'impression que la ville était paralysée par une bombe à neutrons. Les maisons, les arbres, les voitures étaient intacts et toujours aussi propres. Mais les êtres humains n'auraient pas survécu. Il est vrai que je circulais en début d'après-midi, en pleine chaleur, dans des quartiers plutôt chic et chers dont les habitants devaient entretenir leurs cancers de la peau sous le soleil des stations balnéaires d'Albany et de Margaret River, loin des troubles citadins.

Pour les médias, au contraire, le temps n'était pas suspendu. Les émissions spéciales succédaient aux interruptions de programmes. Les images de la voiture calcinée de Don Westside passaient en boucle. Les débats faisaient rage, l'hypothèse des bikers n'était souvent qu'effleurée, personne n'osait la formuler directement. D'ailleurs ils n'avaient rien revendiqué et, pour l'heure, ils se tenaient à carreau. Plus d'incidents, plus de parades agressives.

Même SBS, la chaîne qui consacre la majeure partie de son contenu à l'actualité internationale, ne parlait presque plus des affaires du monde. Les attentats terroristes en Indonésie et le conflit irakien passaient au second plan. L'Australie était pourtant partie prenante dans tout cela, car elle reste très liée aux Etats-Unis. La présence d'un immense porte-avions de l'US Navy au large de Fremantle, que je voyais de loin en me levant tous les matins, en témoignait mais elle passait presque inaperçue.

La seule chose qui parvenait à concurrencer encore l'actualité brûlante et détonante au cœur même du pays, c'était la perspective de la Coupe du monde de cricket. Il s'agissait, à tout prix, de conserver cette coupe conquise la fois précédente. Et cela faisait une diversion salutaire.

Les journaux, écrits ou télévisés, étaient pleins de portraits des nouveaux héros : Gilchrist, Bevan, Lee ou encore Ponting. Ils allaient combattre et on les statufiait avant même qu'ils aient lancé leur première balle. Moi aussi, je me réjouissais de voir les matches interminables pendant des soirées entières à la télé. Je me réjouissais de voir la danse irréelle des lanceurs, les parades et les réflexes des batteurs revêtus de leurs protections comme des gladiateurs modernes. L'explosion de joie de toute l'équipe après avoir effondré les *wickets* adverses. Les gestes impérieux des arbitres portant chapeaux et cravates, leurs coups de sifflet définitifs. Les hurlements de la foule lors des runs réussis. Toute l'Australie attendait ces moments, ce qui lui permettait d'oublier tout le reste. L'équipe allait défendre son titre acquis quatre ans plus tôt, c'était donc l'honneur de toute une nation qui était en jeu. Il y avait en effet de quoi s'arrêter de respirer.

Les autorités, elles, retenaient leur souffle pour d'autres raisons. La mort du chef de la police de Western Australia – qui n'avait jamais si bien porté son nom – montrait que les motards n'allaient pas s'arrêter en si bon chemin. Leur idée de s'attaquer au cricket à ce moment-là, en pleine préparation de la World Cup, paraissait maintenant lumineuse. De leur point de vue. Pour saper la société, ils ne pouvaient mieux viser. La caisse de résonance des médias jouait parfaitement son rôle, le pays était sens dessus dessous, mûr pour céder à leurs diktats. Qui d'ailleurs, pour l'heure, n'étaient pas encore formulés distinctement. Il ne s'agissait que de rumeurs mais personne, même pas les flics comme Ange, ne savait ce qu'ils voulaient vraiment. A part la possibilité de poursuivre leurs petits et gros trafics en toute tranquillité. Et la libération de leurs chefs. Libération qui risquait bien d'intervenir car on n'arrivait pas à trouver des charges sérieuses pour inculper Stadler, trop malin, trop préparé à cette éventualité.

J'espérais qu'ils finiraient par l'avoir même par des moyens détournés, la fraude fiscale comme Al Capone, ce genre de trucs. En réalité, l'enquête n'avançait pas, Ange m'avait dit qu'ils avaient très peu de pistes.

Ange était bouleversé quand il est passé me raconter l'attentat, le lendemain. Au téléphone, j'avais bien compris qu'il en avait gros sur la patate. Il reprenait le dossier ce qui me faisait peur pour lui. Sans esprit de vengeance, sans aucune haine, simplement le goût de la vérité. Il était très pâle, on sentait qu'il n'avait pas beaucoup dormi mais il avait besoin de réconfort. Je l'avais laissé parler, en confiance. C'était une grande preuve d'amitié, tant ces sujets sont explosifs – c'est le cas de le dire – et leurs développements top secret.

A la fin, nous avions fait l'amour puisqu'il n'y avait rien d'autre à faire pour réparer nos offenses, nos péchés et nos petites omissions. Je l'avais retrouvé tel que je l'aimais. Tendre et discret, doux et fort. Son corps gardait pour moi tout son pouvoir d'attraction. A la fin, ce jour-là de janvier, lorsqu'il s'était effondré contre moi, il avait craqué. Il avait sangloté dans mes bras pendant de longues minutes.

Pour l'instant, grâce à l'intelligence de policiers comme lui, grâce à la fermeté de juges intègres qui tentaient à tout prix de trouver les moyens de condamner Stadler et de le mettre en prison pour de longues années, grâce à la discrétion de la presse qui devait bien être au courant d'une manière ou d'une autre du nouveau chantage des bikers, leurs menaces restaient virtuelles.

Mais la surveillance policière ne se relâchait pas une seconde notamment pendant les *test matches* qui se disputaient au même moment dans d'autres villes du pays, même si les tribunes étaient à moitié vides. Qui aurait pensé six mois plus tôt que ces matches-là, qui passionnent les Australiens, ne rempliraient pas les stades cette fois ? La peur régnait bel et bien.

En revanche s'il y en avait un qui se fichait bien de tout ça, c'était mon voisin. Dans la nuit de samedi à dimanche, j'avais eu bien du mal à m'endormir. Le fils avait invité dans la maison de John et Nicole des copains, des *mates*, des motards aussi mais pas tous. Un inévitable barbecue. Essentiellement des hommes évidemment et chacun avait apporté des packs de bière. De la VB ou de l'Emu Bitter. J'avais aussi aperçu les silhouettes de deux ou trois filles. L'une d'entre elles était sortie pour vomir et personne n'était venu l'aider. Les autres filles piaillaient avec cette voix pointue des Australiennes de la côte est, de Sydney surtout. "Sydniii", comme elles disent. Je n'avais pas vu grand-chose car tout se passait dans le garage que Rod avait réaménagé récemment et où il rangeait maintenant sa moto. Il ne circulait plus jamais en voiture, plus de pick-up rouge. On pouvait juste espérer qu'il finisse par se rompre les os sous les roues d'un *road train*, avec son engin de cinq cents centimètres cubes. J'avais entendu la musique venant du garage, ACDC ou Midnight Oil. Et puis des cris par moments.

Le lendemain matin j'en avais parlé avec Clive. Je le voyais de temps en temps mais je ne parvenais toujours pas à savoir si ses sentiments pour moi étaient autre chose que de l'amitié de voisinage et ça m'énervait. Je lui avais raconté ma visite à Gingin et les derniers développements de l'histoire de Meg, la grosse blonde. Lui aussi avait eu du mal à dormir cette nuit-là.

— Ils se sont sûrement foutus sur la gueule, les filles hurlaient et il y avait des chocs sourds comme s'ils avaient laissé tomber une moto. Cela n'a cessé qu'au matin. Dimanche les volets sont restés fermés toute la journée. J'ai bien peur que cela recommence.

J'ai demandé :

— Qu'est-ce qu'il fout Rod, en ce moment ?

— Sûrement rien. En tout cas il a des horaires complètement anarchiques. Mais la plupart du temps il n'est pas là. J'imagine qu'il a vendu sa voiture. Et il doit toucher le chômage.

A vrai dire nous nous en fichions de ce que faisait Rod. Mais le sort de ses parents nous inquiétait de plus en plus.

XXIII

POÈTES ET PAYSANS

En me rendant au bout d'Adélaïde Terrace, au bureau d'Ange, j'avais mis sur ma tête un bob rouge vif, le plus rouge que j'avais pu trouver dans ma collection. Maintenant, je n'avais aucune raison d'être discret là-bas. Depuis qu'il semblait vouloir me confier un petit rôle dans son business, un rôle d'observateur au moins, je préférais ne pas rester dans l'ombre et même, carrément, me faire remarquer au siège de la police.

A ma grande surprise, Ange m'a reçu tout de suite. Il était seul dans son bureau, les pieds sur la table et regardait la télé, une chaîne d'information continue tout de même. Il a tourné la tête et il m'a dit :

— "Cet homme portait-il ainsi sur le dos
La teinte ignoble de ses poumons…"

— De quoi parles-tu ?

— De ton chapeau, trop rouge et trop vif. C'est de l'Apollinaire. Toi, tu portes sur ta tête la teinte ignoble de tes péchés.

— Mais qu'est-ce que tu racontes ?

Ange continuait :

— "Un autre enfin avait l'air d'un voyou
D'un apache bon et crapule à la fois." Ce pourrait être toi.

— Tiens, tu récites de la poésie maintenant...

— J'ai même été à l'école aussi, figure-toi.

Cette ironie ne lui seyait pas. C'était inhabituel chez lui, cette façon de se moquer. Je n'ai pas poursuivi sur ce terrain car, depuis qu'il avait découvert que j'en écrivais un peu – je n'aurais jamais dû lui dire –, soit il se moquait gentiment, soit il m'accablait avec quelques vers de grands auteurs. Au fond, avec Ange, il vaut mieux parler de cul que de poésie. Parce que c'est un homme cultivé.

J'ai dévié sur le cricket. La préparation de la Coupe du monde l'intéressait plus que jamais, cela faisait ressortir son chauvinisme. Il avait, sur ce sujet, la foi d'un converti de fraîche date. A la fois pour ce sport si particulier et pour ce pays finalement neuf pour lui, puisque ses parents avaient immigré juste après sa naissance.

Nous nous sommes échauffés, verbalement s'entend, sur les chances de l'équipe *aussie*. Sur le déclin anglais – ces pauvres rosbifs ! –, les valeurs sûres comme l'Inde et le Pakistan ou les outsiders comme le Sri Lanka. J'espérais aussi le distraire quelques instants de ses soucis. Nos préférences étaient souvent dues à l'élégance ou à la silhouette de tel ou tel joueur mais pas seulement. Leurs qualités techniques entraient largement en ligne de compte. Ange était passionné et c'était amusant de voir un Latin défendre pied à pied ce sport froid.

C'est la magie du cricket. Non seulement il a conquis tous les pays que la couronne britannique a dominés à un moment ou à un autre mais il est toujours mieux défendu par ses nouveaux adeptes. L'équipe d'Angleterre peut être en pleine débâcle, le jeu est le plus fort. Tous les "Ange" d'Australie et du Commonwealth sont là pour le porter à bout de bras.

Après, bien sûr, nous sommes revenus à nos moutons, c'est-à-dire aux événements récents qui secouaient l'Etat d'Australie-Occidentale et Perth en particulier. Car je savais que si Ange parlait du cricket c'était d'abord pour se changer les idées. Il ne s'est pas appesanti. Mais je sentais bien que ce n'était pas pour une quelconque raison de discrétion sur l'enquête. Il avait l'air de s'en foutre. J'ai tout compris quelques instants plus tard, quand il m'a dit :

— C'est la police fédérale qui a pris les choses en main pour la mort de Don, pour la voiture piégée. Je veux bien faire le boulot mais pas leur servir de larbin.

Amer et drôle, c'est comme cela qu'il prenait les choses. Mais il devait aussi maintenir l'ordre et éviter de nouvelles catastrophes. Pour l'heure, il s'inquiétait de l'approche de l'Australia Day. La célébration de la fête nationale, le 26 janvier, donne lieu chaque année à force feux d'artifice, rassemblements populaires, barbecues en plein air, mais aussi flots d'alcool, adolescents ivres et bagarres de plus en plus violentes au fil des années. Sans compter que les bikers pouvaient profiter de l'occasion pour revenir sur le devant de la scène.

— Les motards ne respectent qu'une loi, celle du plus fort. Et pour l'instant vous les tenez.

— Je n'en suis pas sûr. Ils sont plus sournois que tu ne le crois. La vraie menace, c'est sur le match de préparation contre les West Indies, le 2 février, une semaine après l'Australia Day. Je peux te dire qu'on serre les fesses pour ce match-là, on va mettre tous nos moyens en œuvre. Tous. Mais ils pourraient bien se décider avant et agir aussi le jour de la fête nationale pour affoler tout le monde.

— Ils vont faire une grande parade pour impressionner comme d'habitude et puis basta.

— Mais ça peut dégénérer. Il y a des fous parmi eux. Comme Rod Ricky.

Cette fois ce n'était pas moi qui avais amené le sujet sur la table. Mais je n'ai pas pu cacher mon excitation, il l'a bien vu, et sans attendre :

— Nous sommes allés lui poser quelques questions. Il ne veut rien dire de ses parents. Mais il faudra bien qu'il finisse par parler.

— Pourquoi ?

— La deuxième chaussure verte de cette Meg a été retrouvée à Gingin.

Ange ne s'occupait pas directement de cela mais il se tenait au courant depuis que je lui avais laissé entendre que Rod Ricky pouvait être un biker. C'était sa manière à lui, en s'intéressant au fils de mes voisins, de continuer à s'occuper des assassins de Don et de leurs exactions. Par la périphérie.

Il avait envoyé le lieutenant Patterson mais les habitants restaient amnésiques. La découverte de la première chaussure de la créature disparue les avait refermés comme des huîtres. Le soulier vert ramenait à leur mémoire des souvenirs amers. Et Meg était toujours introuvable. Un jour, Patterson, un nouveau venu à la patrouille qu'on avait tenu à l'écart des motards pour s'occuper des affaires courantes, avait été plus consciencieux que les autres. Il était resté à flâner dans le village en opposant son sourire au mutisme des Ginginois. Il avait revisité les lieux, un par un, la citerne, la station-service et la maison des Ricky évidemment. C'est là qu'il avait fait sa découverte, dans la villa abandonnée qui n'avait jamais trouvé preneur depuis le temps. La maison bleue ne valait sans doute pas bien cher mais j'imagine que John et Nicole avaient besoin de cet argent. Gingin est un de ces villages agricoles qui n'attirent plus personne et les fermiers leur faisaient peut-être payer leur rôle indirect dans le trouble bouillonnement qui s'était produit quelques années auparavant. La maison était nue, tous les meubles avaient été déménagés. Les stores étaient baissés et ils avaient maintenant pris une couleur passée, sablonneuse. Les petites citernes contre le mur de derrière étaient vides depuis longtemps. L'intérieur était désert mais propre. La sécheresse de l'été avait laissé filtrer une minuscule couche de poussière. Il est probable que John ou Nicole ou plutôt quelqu'un d'autre qu'ils envoyaient venaient discrètement empêcher que la maison ne se dégrade. C'est pourquoi les policiers n'y trouvaient jamais rien. Mais Patterson s'était obstiné. Il était resté à la fin de l'après-midi et il s'était assis sur la terrasse à même le sol, réfléchissant au déroulement de toute l'histoire qu'il avait maintenant prise à cœur. Le soleil donnait de biais, à travers les lamelles de bois. A un moment son œil avait été attiré par quelque chose de brillant, sous les marches. Quelque chose qui ne pouvait briller que quelques minutes par jour, en fin de journée, au moment où le soleil tournait au coin de la pergola. C'était la boucle dorée de la deuxième chaussure de Meg. Il avait ramassé l'objet sans rien dire aux habitants. Il savait bien qu'il faudrait y retourner mais rien ne pressait.

— Tu sais que personne n'a répondu à nos recherches sur cette Meg. Avait-elle coupé tous les ponts ? Avait-elle laissé trop de mauvais souvenirs ?

— Vous n'avez aucune nouvelle d'elle, évidemment ?

— Aucune. Personne ne l'a vue. En tout cas ceux qui l'ont vue ne se sont pas manifestés. Ce n'est pas tellement étrange dans ce milieu-là, si elle venait bien du *red light business*, la prostitution.

La police avait tout de même demandé que les Ricky soient interrogés. C'est dans leur maison que cette chaussure avait été trouvée. Reconstituer une paire de chaussures complète d'une femme disparue c'était déjà une première étape. Patterson voulait les questionner lui-même.

— Je crois que c'est un bon policier, il en veut et cette histoire lui plaît.

Nous étions en début d'après-midi, au moment le plus chaud de la journée. Derrière les vitres fumées du building de la police, au bout d'Adélaïde Terrace, la ville semblait toujours pétrifiée. L'activité, c'était un peu plus loin, dans les rues commerçantes. Devant nous, il n'y avait que des hôtels et des sociétés de location de voitures. Le petit parc en bordure de la Swan était désert. Ses pelouses, arrosées chaque jour, paraissaient fausses tellement elles étaient vertes. Tout cela ajoutait encore à l'impression de temps suspendu. Le lieutenant Patterson avait fini par se rendre chez leur fils.

— Il a failli lui claquer la porte au nez mais Rod a compris tout à coup que s'il faisait cela il était bon pour être emmené au poste. De toute façon, il était ivre.

— Comme d'habitude…

Il avait gardé assez de lucidité pour refuser que Patterson entre sans mandat de perquisition. Il n'avait répondu aux questions que par oui ou par non, le strict minimum. Le policier avait tout de même eu le temps de remarquer que la maison de Preston Point Road était sens dessus dessous. Que les meubles étaient installés n'importe comment et que Rod finissait des travaux dans le garage. Ce devait être cela sa préoccupation, réinstaller le garage pour sa moto et ses barbecues du samedi soir. Ses chaussures portaient encore des traces de plâtre et de ciment.

— Les parents sont peut-être partis sur la côte est de l'Australie, ils se planquent sans doute quelque part du côté de Gold Coast parmi des milliers de retraités qui chauffent leurs os au soleil. Quand Patterson l'a interrogé sur eux, il a simplement affirmé qu'ils étaient partis. En Nouvelle-Zélande, selon lui. On a vérifié, aucun Ricky n'a débarqué à Auckland, à Wellington ou ailleurs. Mais ça ne prouve rien, d'après Patterson, Rod a dit la Nouvelle-Zélande comme il aurait dit Hong-Kong ou le pôle Sud. Après tout, il n'est pas obligé de savoir où sont ses parents.

Ils en étaient donc au point mort. Et les choses risquaient d'en rester là si les Ricky ne réapparaissaient pas quelque part.

J'avais quelque chose en tête. Non pas que je me sois cru plus fort qu'Ange ou que ses équipiers mais je pensais avoir noué de meilleurs contacts qu'eux à Gingin. La dernière fois j'avais trouvé les seuls gars qui avaient envie de parler.

Avant de nous séparer, Ange m'a seulement dit :

— Nous avons tout de même placé Rod sous discrète surveillance.

XXIV

GINGIN EXPRESS, *BIS*

A onze heures le lendemain matin, j'étais déjà arrivé. Au pied des collines blondes, la chaleur était moins écrasante que la dernière fois. De toute façon j'avais les idées claires et je n'avais pas besoin du Dr Fremantle (ce vent arrive-t-il jamais jusque-là ?) pour me rafraîchir les idées. Je n'ai pas traîné en route, je me suis garé bien en évidence au milieu de la rue principale – déserte, forcément déserte – et j'ai commandé deux canettes de Coca light. J'ai simplement dit au type qui tenait le café que je voulais voir Dale et Dough. Que j'attendrais cent quarante ans sur sa terrasse, s'il le fallait. Il ne m'a pas répondu, rien d'autre qu'un grognement. A ma connaissance il n'a même pas bougé de sa boutique et je n'ai pas entendu le téléphone ni quoi que ce soit d'autre. Mais moins d'une demi-heure après l'homme araignée et son copain sans bras descendaient du pick-up couvert de poussière.

Les deux garçons étaient embarrassés. Ils ne se sont pas moqués de moi et surtout ils étaient sérieux, c'était bien la première fois. Pas de plaisanteries incompréhensibles dans leur barbe, pas de fous rires intempestifs ou même de sourires complices qui, les autres fois, m'avaient laissé à la marge. Cette fois, ils avaient choisi le style empoté. Mais ils étaient venus. Je leur ai proposé de marcher un peu et nous sommes finalement allés tous les trois nous asseoir au bord de la rivière, près de la grande roue de moulin, restaurée comme un chef-d'œuvre de l'art médiéval.

Peu à peu j'ai compris que Dale et Dough craignaient qu'on ne leur reproche d'avoir baladé la police. Que les deux hommes étaient tacitement chargés par tout le village d'en être les porte-parole. Qu'ils ne savaient pas si je travaillais ou non avec les flics. J'ai surtout compris qu'ils se doutaient bien, depuis quelques jours, que le crime n'allait pas rester impuni. Alors ils m'ont raconté.

Rod Ricky était venu deux fois à Gingin ces derniers temps. La première au printemps, fin octobre ou début novembre. La seconde, il y a moins d'une semaine, le lendemain de ma visite. Et le fils Ricky était parvenu à instiller la peur dans le village. Sa revanche sans doute.

La première fois, beaucoup de gens ne l'avaient même pas reconnu. C'est après que son nom avait commencé à circuler. Cela se passait en fin d'après-midi, quelques minutes seulement avant le coucher du soleil. A ce moment-là, quand le village se relâche et se resserre, tous ceux qui travaillent dans les champs ou dans les ateliers finissent par passer ou par s'arrêter dans Main Street. Les magasins sont tous dans cette rue et ils ont besoin d'acheter à bouffer ou de passer quelques commandes au magasin de matériel agricole. Ou de faire de l'essence à la station. Ou de prendre de l'Emu Bitter en packs de vingt-quatre au *liquor store*. C'est le seul moment où le centre du village connaît un semblant d'animation.

D'abord tout le village s'était demandé d'où venait le grondement. Les bruits de cette nature ne sont pas bons signes dans ces régions isolées où les tornades, les *bushfires* et les orages peuvent provoquer des ravages. Mais, ce jour-là, le ciel était bleu sans nuages et le vent trop calme pour pousser un feu de bush. Le bruit se rapprochait. Cela venait de la route de Perth, puis de la station Gull. Le grondement n'était pas excessif, c'était plutôt un ronronnement feutré avec des à-coups plus aigus.

Les bikers retenaient leurs motos, en rangs serrés de trois ou quatre, collés les uns aux autres. Ce qu'ils voulaient, c'était donner cette impression de masse, de force brute. C'est pourquoi toutes les motos, une vingtaine, tournaient sans se presser dans la grand-rue. Les gars étaient passés sans un regard pour les habitants qui les observaient ébahis. Les engins d'acier restaient sagement sur le bon côté de la route, le gauche. Comme à la parade, roue dans roue, il était difficile de reconnaître un visage sous les casques noirs.

Ils avaient disparu de l'autre côté de la rivière. C'était un repérage en quelque sorte. Les habitants du village se demandaient bien ce que cela signifiait. Les motards, ils n'en avaient jamais vu qu'un ou deux de temps en temps, des touristes, anglais en général, partant pour le nord ou revenant fourbus d'une traversée du désert. D'aimables aventuriers qui avaient toujours des histoires à raconter. Des histoires, ceux-ci n'en avaient aucune. En tout cas ils ne prenaient pas la peine de s'arrêter pour les dire. Bien sûr, ils avaient entendu parler des équipées sauvages des bikers. A ce moment-là, la télé commençait à en rendre compte. Mais tous pensaient que ces exhibitions étaient réservées aux grandes villes.

La meute était revenue quelques minutes plus tard. Cette fois le ton n'était plus le même. Les galahs, ces perroquets gris et rose qui jacassent violemment tous les soirs avant le coucher du soleil, l'avaient compris tout de suite et étaient immédiatement partis établir leur camp ailleurs. Quand les motards avaient retraversé Main Street, ils avaient poussé le son et augmenté la vitesse. Les villageois avaient pensé qu'il valait mieux garer leurs enfants et s'abriter très vite. Les motos occupaient maintenant toute la route et le vrombissement était monté d'une octave. Certains roulaient sans vergogne sur les trottoirs en frôlant les devantures, les panneaux du café et n'hésitaient pas, au dernier moment, à basculer une ou deux tables d'un coup de botte graisseuse. Puis ils étaient partis se montrer à tout Gingin. Ils ne s'étaient pas contentés de monter et descendre Main Street. Ils avaient parcouru les autres rues, une à une, en rugissant de plus en plus fort et en accélérant chaque fois un peu plus.

L'araignée et son pote – ils étaient aux premières loges, comme par hasard – m'ont avoué que c'était assez impressionnant. Chacun percevait bien une menace ou un message précis mais personne ne savait de quoi il s'agissait. Qui avait pu se compromettre autant pour endurer une telle punition ? Car c'était bien d'une punition qu'il s'agissait. Plusieurs vitrines avaient volé en éclats, des voitures avaient reçu des canettes de bière, plusieurs 4X4 avaient eu leurs portes enfoncées. Le rodéo avait duré plus d'une demi-heure, jusqu'après le coucher du soleil.

L'heure n'avait pas été choisie au hasard. Ils connaissaient Gingin et savaient que c'était le seul moment d'animation. Quand ils eurent fait fuir toute la communauté – car après la première curiosité tous les habitants s'étaient empressés de reprendre leurs voitures, de s'enfuir chez eux et de se claquemurer –, les bikers avaient entrepris un dernier tour au ralenti, un tour d'honneur, phares allumés et ils s'étaient évanouis lentement, très lentement, vers l'obscurité et la nuit. Beaucoup plus lentement qu'un envol de perroquets.

Ensuite, le village était resté dévasté et désert bien après leur départ. Les carreaux étaient brisés, les pelouses, devant la mairie ou le long de la rivière, massacrées. Des enseignes étaient par terre, des publicités de boissons gazeuses accrochées à l'envers et des branches d'eucalyptus arrachées.

Enfin, quand tous étaient sortis des abris, sûrs que le danger n'allait pas revenir ce soir-là, personne n'avait pensé à Rod Ricky. Personne ne se souvenait de l'avoir vu sous ce type de déguisement, ni sur un tel engin, ni avec une barbe de cette nature. Ce n'est que dans les jours qui ont suivi que des adolescents ont affirmé qu'ils l'avaient reconnu en tête de la meute. On ne les avait pas crus mais au fil des semaines il y avait eu une rumeur dans le village que personne n'osait confirmer ou infirmer. Mais la peur s'était installée et quand les beaux jours de l'été étaient revenus, il y avait beaucoup moins de monde au centre-ville à l'approche du crépuscule.

Ce n'est que lorsque Rod Ricky était réapparu la semaine dernière que tout le monde avait enfin compris. Et le sens du premier raid et le fait qu'il en était un des meneurs. La deuxième fois, c'était plus tôt dans la journée, à l'heure du lunch à peu près. Ils étaient arrivés à trois seulement. Ils s'étaient arrêtés au *Gingin's Café* et ils avaient commandé des sandwiches, bousculé ceux qui étaient déjà là et terrorisé la jeune fille de la caisse. Puis ils s'étaient installés sur la terrasse en posant ostensiblement leurs bottes sur la table. Les trois motos barraient le passage. Il y avait deux japonaises qui imitaient les formes allongées et les chromes des Harley mythiques. Et une Harley-Davidson plus ancienne, bleu clinquant. L'une des japonaises était rouge, sans doute celle de Rod que je connaissais. Ce n'est que lorsqu'ils avaient enlevé leur casque et leurs lunettes que ceux qui étaient dans la boutique avaient reconnu Rod. Depuis le début, saisis, ils observaient le manège des trois hommes. Rod était plus musclé, il s'était laissé pousser cette barbe fine sur le bout du menton mais il n'avait pas changé, simplement une assurance supplémentaire. Il les toisait, il les regardait droit dans les yeux, ce qu'il ne faisait jamais à l'époque de la station Gull. Ce qui rassurait les consommateurs de l'épicerie-café, c'est que les trois hommes n'étaient pas armés.

La seule chose que voulait Rod, à ce moment-là, c'était fouiller dans les affaires de ses parents. C'est ce que m'a dit Dough, l'homme sans bras.

— Il a tout de suite demandé à voir quelqu'un de ma famille. Ma mère est morte d'un cancer il y a quelques années mais c'est chez elle que les Ricky avaient entreposé leurs meubles.

Dale approuvait. Les deux hommes ne jouaient plus, ne plaisantaient plus. Ils me disaient ce qu'ils avaient évité de raconter à la police, au lieutenant Patterson. Avec l'accord tacite de tout le village, ils lui avaient soigneusement caché les deux visites de Rod Ricky. Sans savoir quel était mon rôle exact, ils se rattrapaient maintenant, sûrs que l'affaire était sur le point d'aboutir. Et comme ils n'avaient rien à se reprocher, sinon d'avoir été entraînés par Meg à des débauches imprévisibles, ils préféraient vider l'abcès. Comme s'ils étaient certains que je témoignerais ensuite de leur bon droit.

— Qu'est-ce que vous avez fait ?

— On l'a emmené au garde-meuble, qu'est-ce que tu voulais qu'on fasse d'autre !

— Ils y sont tous allés ?

— Non, seulement Rod, les deux autres sont restés à boire de la bière tout l'après-midi au café comme s'ils nous tenaient en respect. Ils n'ont même pas payé et personne n'a osé le leur demander.

Le garde-meuble était en réalité une grange, au fond d'une cour de ferme à environ un kilomètre du centre. L'araignée conduisait le pick-up, Dough était à ses côtés. Il avait prétendu que son infirmité l'empêchait de conduire, il ne voulait pas se retrouver seul. La ferme est inhabitée maintenant que la mère de Dough était morte. J'imaginais très bien le convoi sous le soleil et le regard effrayé des habitants. Le pick-up, avec les deux énergumènes et la moto de

Rod qui suivait derrière. Le fils Ricky s'était débrouillé pour que tout le monde soit au courant. Je me suis étonné qu'ils aient eu peur de se battre avec lui car, malgré l'absence d'un bras et l'autre atrophié, j'étais sûr que Dough avec sa carrure et sa souplesse n'aurait eu aucun mal à triompher de la force bête de l'autre. Son copain araignée, habile comme un singe, sous son apparente fragilité, lui aurait prêté la main.

— T'as raison, on l'aurait facilement foutu par terre mais je ne savais rien des deux autres, ni de leurs intentions réelles. Nous avons préféré attendre et voir.

Ils étaient arrivés à la ferme, Rod avait pris la clé de la réserve et, après s'être assuré qu'il s'agissait bien des meubles de ses parents, il avait dit aux deux zozos de foutre le camp. Le temps s'était arrêté pendant tout cet après-midi de décembre. Le village retenait son souffle sous la menace de deux silhouettes en cuir pendant que la troisième fouillait dans le passé dans une grange un peu à l'écart. Personne ne le formulait mais ils avaient l'impression que le retour de Rod, sa quête, c'était une autre manière de déterrer des cadavres. Des rancunes enfouies, des réputations salies, des égarements effacés. Et depuis ce moment-là Gingin vivait dans le silence et la culpabilité. Depuis que la première chaussure de Meg avait été retrouvée, en fait.

— Bien sûr, nous observions autant que nous pouvions, mais nous étions trop loin. A un moment on a vu de la fumée s'élever et de fait, le soir, on a constaté qu'il avait brûlé des papiers et la plupart des meubles au milieu de la cour.

— Et le reste ?

— Je ne sais pas. Personne n'est allé voir. On n'allait pas, en plus, fouiller dans ses affaires.

— Et vous n'en avez pas parlé aux policiers ?

— Pourquoi ? C'est une histoire privée. A part la manière, ils ne nous ont pas agressés.

Rod avait fini par revenir au centre. Il n'avait regardé personne, parlé encore moins sinon pour commander plusieurs bières d'affilée qu'il avait bues avec les autres bikers. Quand il était revenu, les deux autres commençaient à tourner comme des ours en cage dans le café. Ils étaient allés tous les trois pisser contre le mur de l'église et puis ils étaient repartis.

— Au début, on a cru qu'ils étaient vraiment partis mais ils se sont encore arrêtés à la maison bleue, celle des Ricky, celle qu'on t'avait montrée la première fois, celle qu'ils n'ont jamais vendue.

— Pourquoi faire ? Pas pour y mettre le feu ?

— Non, tu as bien vu qu'elle est toujours debout. Mais Rod avait sûrement la clé. Il n'y est resté que quelques minutes, il n'a pas laissé entrer les deux autres.

— Et ?

— Et c'est tout, ils ont fini par décamper. Ils ne sont pas revenus depuis.

Il était temps pour nous trois de boire une Emu Bitter. Les deux énergumènes m'avaient balancé leur histoire d'un trait, contrairement à la première fois. Après cela, ils semblaient soulagés. Ils n'ont pas hésité à s'asseoir avec moi sur la terrasse au vu et au su de tous. Comme si tout le monde savait très bien qui j'étais. Avant de les quitter je leur ai seulement demandé :

— Et les Ricky, les parents, John et Nicole, vous ne les avez pas revus, vous êtes bien sûrs cette fois ?

— Jamais, on te le jure. Ils ne sont pas revenus depuis des années. C'est toi qui nous as appris qu'ils vivaient à Perth. Ma mère ne savait pas où les joindre, je crois qu'elle avait peur que leurs meubles ne sèchent et ne finissent par foutre le feu à la ferme.

Je me suis tu. En les quittant, je ne leur ai rien promis. Simplement en rentrant, j'ai rebranché mon portable et j'ai appelé Ange. Le soleil n'était pas encore couché, je voulais lui parler avant qu'il ne quitte son bureau. Je n'ai omis aucun détail.

XXV

LES FLONFLONS DE LA FÊTE

J'étais au centre de Perth, dans le seul endroit désert et vide en cet Australia Day. Ange m'avait donné rendez-vous au WACA, le stade de cricket. J'avais eu toutes les peines du monde pour m'y rendre mais il m'avait procuré un passe qui m'ouvrait toutes les portes. J'avais fini par un long chemin à pied, sous le soleil exactement, à cause des mesures policières qui bloquaient le centre. Le WACA est à la limite de la ville, pas très loin du siège de la police.

Le 26 janvier est en effet un drôle de jour. C'est férié puisque c'est le jour de la fête nationale. Mais c'est aussi le jour où le centre de Perth est le plus encombré. Les rues sont interdites à la circulation automobile pour permettre aux dizaines, peut-être aux centaines de milliers de personnes de venir s'agglutiner aux marges de la City, sur les bords de la Swan River pour admirer le feu d'artifice tiré le soir, d'un radeau, en plein milieu du bras de mer. D'où une transhumance comme on n'en voit à aucune autre période à Perth. Des familles entières viennent tôt pour camper sur des plaids avec force glacières, boissons et crème solaire. Les meilleures places sont à Sir James Mitchell Park, juste en face des buildings du centre-ville. Ou sur les pelouses de Kings Park, en haut de la falaise, sur le côté, au-delà de l'autoroute. Pour ces deux lieux privilégiés, il faut venir dès le début de l'après-midi si on veut s'assurer un bon point d'observation. Tout l'après-midi cela reste bon enfant. On ressent une impression de pèlerinage, d'exode massif en voyant ces hordes colorées, parquées, serrées les unes contre les autres, anesthésiées, s'agglutinant doucement jusqu'au soir, prêtes à attendre l'éternité pour apercevoir quelques éclats dans le ciel. Après, après le spectacle de la nuit éclairée de feux d'artifice, c'est une autre histoire.

C'était étrange de me retrouver dans ce stade vide, construit pour accueillir des dizaines de milliers de personnes, alors que la foule aujourd'hui se massait un peu plus loin, au bord de la rivière et que je percevais les rumeurs de cette agitation.

C'était étrange d'envisager une catastrophe pour la semaine prochaine dans ce WACA désert alors que les flics étaient justement sur les dents, au milieu de la cohue où tout pouvait déraper à chaque instant.

C'était étrange de voir mon ami Ange, d'ordinaire si mesuré, si placide, décrocher rageusement son téléphone portable, répondre par des grognements agacés et s'agiter seul dans cet espace abandonné. Qu'y a-t-il de plus mort que des sièges de stade inoccupés ?

C'était étrange que les policiers n'aient localisé aucun biker. Ni au bord de la Swan – ce qui était plutôt rassurant – ni dans aucun des autres lieux fréquentés en ce jour de congé comme les plages ou les parcs. Par la moindre trace de rassemblement, pas le moindre groupe vrombissant, pas de troupeau barbu et casqué. Rien. Il y avait bien quelques deux-roues ordinaires. Mais ils appartenaient à d'aimables promeneurs qui circulaient seuls ou des salariés en congé baladant leur fiancée en croupe. C'était comme si les bikers avaient soudain disparu de l'Etat de Western Australia, comme s'ils se cachaient tous sous terre. C'était très inquiétant.

C'est ce qui agitait Ange alors qu'il me montrait les lieux où allait se tenir une semaine plus tard le fameux match de préparation entre l'Australie et les West Indies. On lui avait peut-être retiré l'enquête sur le meurtre de Don Westside au profit de la police fédérale, mais on lui laissait le sale boulot dans les stades et dans toute la ville pour l'Australia Day. Si ça se passait mal, c'est lui qui en aurait toute la responsabilité.

— Tu vois, c'est un espace complètement ouvert et libre. On ne peut pas mettre un policier derrière chaque siège, ni à côté de chaque rangée. On ne peut évidemment pas fouiller tout le monde et tout le monde vient avec des sacs pour les sandwiches, la bière et les thermos de thé. On ne peut pas entourer la pelouse d'un cordon d'hommes armés. C'est peut-être ce que vous feriez en Europe mais, ici, ce serait impossible. Surtout pour un match de cricket. Personne ne comprendrait, ils croiraient tous que la guerre est déclarée. Ce qui est peut-être le cas, en réalité. Alors on est vraiment sur les dents et tout peut arriver.

Je ne voyais pas ce que je pouvais lui répondre. D'ailleurs il n'attendait aucune réponse. Je ne me sentais pas à même de calmer son angoisse, je n'avais aucun argument pour cela. C'était l'irruption brutale d'une menace terroriste dans un pays qui n'a jamais connu d'attentat véritable. Sur son sol tout au moins car il y avait des Australiens – surtout des habitants de Perth – à Bali lors de l'attentat meurtrier de la plage de Kuta Beach, quelques années auparavant. Ici, personne ne réalise que ce pays est une exception noyée au milieu d'un monde de violence. Et aucun policier, si malin soit-il, aucun responsable politique – la menace des bikers était prise très au sérieux au plus haut niveau de l'Etat – n'était en mesure de faire passer un message de prévention à un peuple incapable de conceptualiser une telle menace.

— La police fédérale va nous envoyer des renforts. Et alors ! On va essayer de les masser le plus discrètement possible aux entrées, près des vestiaires. On contrôlera tous ceux qui pénètrent dans la zone réservée aux joueurs et aux officiels. Et après ! Tu vois, Ashe, je ne me suis jamais senti aussi impuissant.

Son téléphone sonnait encore. Pour lui dire que ni à Rockingham, ni à Busselton ou Margaret River, beaucoup plus loin sur la côte, personne n'avait aperçu la moindre fumée des motards. Normalement un jour comme celui-ci on aurait dû voir quelques groupes s'agiter dans les endroits les plus connus. Rien. C'était bien la preuve qu'ils préparaient quelque chose. Oui, mais quoi ? Ils avaient parlé de l'assassinat d'un cricketer célèbre mais ce pouvait aussi bien être une bombe en plein milieu de la foule. Ils en étaient bien capables.

J'étais même un peu écrasé par la majesté du lieu. Par la tradition aussi car j'étais passé par le musée, le Hall of Fame, et j'avais été impressionné de voir toutes ces photos, toutes ces reliques des exploits anciens. Le stade était neuf mais son contenu n'avait pas beaucoup changé. Sur les photos, les joueurs d'autrefois paraissaient un peu plus vieux. Sans doute à cause des coiffures, cheveux longs laqués en arrière ou à cause des moustaches tombantes. Mais les tenues, les rites, les couleurs n'avaient pas bougé. Le blanc, les balles, les battes. Tout juste les protections, aujourd'hui en matériaux synthétiques. Ce qui avait le plus changé au fond, c'était la qualité des photos. Elle était meilleure autrefois.

Maintenant, au milieu du stade, je regardais tout cela d'un autre œil. Le lieu m'apparaissait plus sacré, plus intouchable. Une bombe ou la mort violente d'un joueur plus improbable encore. Plus sacrilège sûrement. Ange m'a sorti de ma rêverie :

— Tu vas y venir ?

— Où ?

— Au match.

— Je n'y avais pas pensé, mais j'aimerais bien. Je n'ai même pas de billet.

— Je t'en donnerai, j'en ai quelques-uns. Au moins tu apprécieras le spectacle.

Je l'ai remercié mais je ne lui ai rien dit d'autre. Je ne lui ai pas demandé s'il me chargeait d'une quelconque mission, si je devais prendre contact avec lui ou l'un de ses subordonnés. J'ai fermé ma gueule. Ce n'était plus la chaleur violente que je ressentais mais le poids d'un avertissement. Une inquiétude à propos du paradis que je m'étais choisi depuis quelques mois, quelques années maintenant.

Quand nous sommes ressortis, des centaines de piétons joyeux, par grappes, par groupes, par familles, cheminaient sans se presser vers les rivages étincelants de la Swan River. Pour observer le feu d'artifice vespéral. Inconscients. Comme ils le seraient certainement dans une semaine pour aller en toute quiétude assister au match de cricket.

Plus tard, quand nous nous sommes séparés, Ange m'a donné une info sur Rod Ricky. Pourtant, celui-là, j'avais bien l'impression qu'il l'avait oublié. Ange m'a dit qu'ils allaient bientôt l'arrêter.

XXVI

UN ÉTÉ MEURTRIER

Quand j'ai appris ce soir-là, le soir de l'Australia Day, que Rod Ricky serait arrêté le lendemain, je me suis dit que ma visite à Gingin n'avait pas été inutile. Et qu'Ange me faisait définitivement confiance.

Je n'ai pas prévenu Clive, je lui en avais dit assez jusque-là, sur mes enquêtes, sur ce que les collègues d'Ange avaient récolté. Cette histoire Ricky le laissait abasourdi. Il n'arrivait pas à faire le lien entre le couple reclus mais amical qu'il avait connu, que nous avions connu, les soupçons qui pesaient maintenant sur eux, la disparition des mêmes et l'arrogance de leur propre fils, le nouvel habitant de la maison voisine. Surtout, bien qu'il s'en défende, j'ai compris qu'il n'arrivait toujours pas à se remettre de la peur qu'il avait eue lors de l'attaque des motards contre les gays sur le parking de la plage de Swanbourne avant Noël. Sa balade à Sydney ne l'en avait pas guéri.

Je me suis levé très tôt ce 27 janvier et je suis allé me poster en face de nos maisons à East Fremantle.

Je me suis assis au bord du terrain de cricket et j'ai attendu. Ange m'avait prévenu qu'ils interviendraient à ce moment-là pour que l'arrestation soit noyée sous une autre actualité : la nuit de l'Australia Day qui avait été très violente. Il me l'avait prédit.

Après le feu d'artifice, des bandes de casseurs avaient saccagé les parcs de South Perth, là où se rassemble la plus grande foule. Mais ce n'étaient pas les motards qui avaient troublé cette fois l'ordre public. Leur inexplicable discrétion avait été totale jusqu'au bout. Des groupes de jeunes avaient bastonné d'autres jeunes, en général plus foncés de peau et une cinquantaine de personnes avaient été transportées à l'hôpital. Le parc si léché de Sir James Mitchell, encore jonché de détritus, prenait une dimension différente lorsqu'on savait que certaines des canettes de bière abandonnées avaient ouvert des cuirs chevelus et laissé de profondes cicatrices sur des visages et des bras. L'une des victimes avait eu cinquante points de suture au visage et sa photo était diffusée aux infos des journaux du matin. Les images du parc dévasté, en face de la *skyline* de buildings, contrastaient avec la propreté habituelle et stéréotypée de Perth. Un miracle qu'il n'y ait pas eu plus de victimes.

La violence n'était pas venue d'où on l'attendait mais elle était bien présente tout de même. C'était comme une maladie qui, partie des motards, avait contaminé le reste de la population. Toute l'Australie-Occidentale avait la gueule de bois pour plusieurs jours. Sans même savoir qu'un autre péril menaçait.

Ce qui m'a frappé ce matin-là, à vingt kilomètres du centre de Perth vers le sud, dans les effluves marins de la Swan River, loin des relents de la fête nationale gâchée, au bout des pelouses encore humide de l'arrosage de la nuit, c'est l'isolement de nos deux maisons. Plus que jamais elles étaient toutes les deux dans le cercle rouge, à l'écart de toutes les autres villas de Preston Point Road. Mon atelier délabré, avec ses volets cassés et sa peinture écaillée et la maison anonyme et sans charme des Ricky – hormis les *Black boys* au tronc noir – se serraient l'une contre l'autre. La maison de Clive était un peu à l'écart, comme s'il avait déjà pris ses distances. D'abord le mutisme et la réclusion de John et de Nicole l'avaient amusé et attendri et puis tout à coup les choses avaient mal tourné. La présence agressive de Rod le perturbait. Le fait divers avait lieu maintenant à sa porte. Je ne l'avais pas prévenu de l'intervention de la police. Il allait avoir bien le temps de regarder et peut-être d'en être soulagé.

En quelques jours, depuis ma dernière visite à Gingin, j'avais eu avec lui quelques longues conversations. Je percevais qu'il était dans une période de désenchantement que l'affaire Ricky et l'éruption de violence dans toute la région révélaient soudain. Il était aussi lassé du petit milieu gay de Perth, des dîners de ces *beach boys* sympathiques mais immobiles comme des mollusques accrochés à leur rocher. Il avait revu les mêmes couples de garçons vieillissants qui se recevaient entre eux avec beaucoup de tenue et qu'il retrouvait le lundi, jour d'affluence, au sauna *565*, en train de s'envoyer en l'air dans les *backrooms.*

La brutalité des bikers, qu'il avait pu observer de trop près, l'avait fait sortir de ce petit monde – *small world* – hypocrite et enchanté. Il en mesurait maintenant les limites.

Toujours la même histoire. Toujours les mêmes *parties* et les mêmes barbecues. Les mêmes plaisanteries et les mêmes problèmes liés à leur sexualité qu'ils devaient "avouer" à leurs enfants. Clive, qui était un peu plus jeune, avait d'autres ambitions. Il ruait encore dans les brancards et il se sentait de plus en plus à l'étroit dans ce milieu assoupi des pédés de la côte ouest, dans cette ville de Perth soudain bouillonnante et dépressive. Mais il n'avait pas aimé non plus la folie, l'extravagance et les drag-queens de Sydney qu'il avait observées à Noël.

Tout cela le déprimait. Mais j'avais aussi compris ces derniers jours que Clive est quelqu'un qui se lasse vite de tout. Pour ma part, je lui en voulais de ne m'avoir jamais dit que Rod et le musclé que nous avions viré des *change rooms* de Swanbourne au début de cet été étaient une seule et même personne. Il le savait depuis le début, depuis cette bagarre justement.

De l'autre côté de Preston Point Road, je n'ai pas eu à attendre très longtemps. Le soleil du matin procurait un plaisir sensuel en réchauffant doucement l'atmosphère et je savourais ce moment de grâce. Il n'a pas duré. Un car et deux voitures de police se sont rangés silencieusement dans la rue à une centaine de mètres de la maison. Clive n'est apparu à sa fenêtre que bien après, alors que Rod était déjà emmené menottes aux poignets en essayant de se couvrir la tête d'un vêtement. Il était si abruti et probablement si ivre – il n'avait pas dû digérer les libations de l'Australia Day avec ses copains – qu'il ne cachait rien de sa face gonflée de sommeil et de bière. Je trouvais qu'il ne ressemblait ni à Nicole, ni à John. Je me demandais comment ils avaient pu couver un tel canard. J'étais trop loin mais je devinais à son attitude que ses yeux devaient lancer des éclairs de haine. J'ai su après qu'il avait récolté un œil au beurre noir car il s'était débattu bien inutilement. Les policiers avaient dû le maîtriser.

Mon ami malais ne m'a pas vu, il était trop absorbé par le déroulement des événements. Ange n'était pas là, c'est Patterson qui procédait à l'arrestation. Motif : Rod Ricky était formellement accusé d'avoir séquestré ou tué, ou les deux, la dénommée Meg Ryan qui n'était pas actrice américaine mais prostituée australienne. La deuxième chaussure verte en plastique que Patterson avait retrouvée à Gingin portait des empreintes fraîches de Rod. C'est sans doute lui qui avait apporté cette chaussure dans la maison bleue à la fin du deuxième raid sur le village avec deux autres motards. Mais pourquoi ? Il allait devoir s'expliquer là-dessus. En réalité, en l'arrêtant, Ange comptait faire revenir John et Nicole. Et obtenir leurs propres explications.

Je suis tout de même allé sonner chez Clive. Même à l'aube, un peu fripé par la nuit, il était toujours aussi séduisant. Mais ce n'était pas pour cela que je venais. D'ailleurs même s'il était à moitié nu et qu'il bandait encore dans son caleçon, la scène n'avait plus pour moi aucune ambiguïté. C'était sans doute trop tard, j'ai besoin que mes pulsions se concrétisent vite. Peut-être que pour lui cette ambiguïté n'avait jamais existé, la simple amitié nous seyait bien, au fond. Je lui ai expliqué ce qui s'était passé. Il en était tout surpris et surtout rassuré. Il me l'a dit sans détour, il ne supportait plus Rod Ricky dans le voisinage. Assez vite je suis allé droit au but.

— Tu crois que je pourrais rencontrer ton élève, cette Alexandra ?

— Tu veux l'interroger ?

— Juste lui poser deux ou trois questions.

— Tu es gonflé, elle va croire que c'est la police.

— Je ne suis pas la police…

— Non mais c'est tout comme.

Tiens, tiens serait-il jaloux par hasard ? Cela me faisait assez plaisir mais je n'avais ni le temps ni l'intention de m'attarder sur ces bêtises.

— Pourquoi veux-tu la questionner ?

— Une intuition, comme ça…

Il a eu la gentillesse – ou la fierté – de ne pas m'en demander plus et il m'a dit de passer le soir même après son cours.

Une intuition en effet. Depuis ma dernière visite à Gingin, quelque chose me trottait dans la tête sans que je parvienne à le formuler. Quelque chose à propos des motos de Rod et de ses copains lorsqu'ils étaient venus la semaine dernière et que le fils Ricky avait fouillé dans les affaires de ses parents. Quand les deux zozos m'avaient décrit les motos, je les avais sentis troublés. Je ne sais pas exactement pourquoi mais j'avais senti qu'ils ne me disaient pas tout. Mais j'étais impatient de savoir la suite de leur histoire et je ne m'étais pas attardé. Après, la lecture dans le bureau d'Ange d'un magazine de motos, *OZ Biker* je crois, m'avait mis sur la voie. Mais je ne voulais pas en dire plus à mon ami black avant d'en être certain. Il m'a offert un café en vitesse, il était déjà en retard. J'ai eu le bon goût de ne pas lui demander où il avait traîné hier soir.

Dehors, je suis resté encore un peu pour observer le quartier. Il semblait aussi inanimé que d'habitude. Le syndrome bombe à neutrons. Les gens du coin ne partaient pas encore travailler et ils ne semblaient même pas faire de sport avant le petit-déjeuner, une exception dû au lendemain de fête. La police avait bien choisi son moment pour arrêter Rod en toute discrétion. Tout était redevenu comme avant, comme lorsque j'avais vu pour la première fois la maison Ricky et la famille qui allait avec. Seul le ruban jaune dont la police l'avait cerclée signifiait maintenant qu'une grave erreur humaine s'était produite à un moment donné.

XXVII

CONFESSIONS D'UN ENFANT DU SIÈCLE

Quand Rod Ricky a été arrêté, il avait presque deux grammes d'alcool dans le sang. Au réveil. Mais ce n'est pas la charge qui a été retenue contre lui. En Australie, l'alcoolisme est aussi ancien que les premiers bagnards arrivés au temps de la conquête. Pour eux, à l'époque, se saouler était le seul moyen de survivre dans le grand Sud. Il en est resté quelque chose dans l'extrême tolérance de toute la société envers les bêtises commises sous l'emprise de l'alcool.

— Pourquoi avez-vous recommencé trois fois la même classe ?

— Les professeurs m'envoyaient toujours au fond.

— Vous étiez le seul ?

— Non, avec mes copains.

— Pourquoi les profs faisaient-ils cela ?

— On avait bu.

— Et qu'est-ce que vous faisiez au fond de la classe ?

— On dormait.

Rod répondait de mauvaise grâce aux questions des policiers. Il commençait déjà à être en manque, ça le rendait très nerveux. Il avait mangé après la prise de sang et il pouvait boire autant de café qu'il voulait. Mais il se doutait que l'interrogatoire allait durer. Les flics l'interrogeaient sur tout et n'importe quoi, ils n'avaient pas l'air pressés. Pas pressés en tout cas de lui donner sa dose d'alcool.

Son adolescence alcoolique n'était pas un cas très original. A cette époque, il y avait toujours une petite dizaine d'élèves qui dormaient le matin au fond de la classe. Par exemple lorsqu'ils étaient sortis la veille au soir après un match de rugby ou de cricket. Le seul recours des professeurs était de les envoyer cuver sur les bancs du fond et de continuer les cours. Les parents le savaient bien mais ils n'y pouvaient rien. Et d'ailleurs ils avaient fait la même chose vingt ans auparavant. Certains ados se rattrapaient après, réussissaient à passer le bac et à entrer à l'université. Avec ou sans la bière. D'autres restaient en rade. Rod était presque toujours resté en rade. C'est pourquoi il n'avait jamais eu beaucoup d'amis. A un moment ou à un autre il faut s'accrocher à un wagon. Rod n'en avait jamais eu le courage ou la force ou l'ambition.

— Où vivez-vous ?

— A East Fremantle. Preston Point Road.

— C'est la maison de vos parents.

— Non c'est la mienne, ils me l'ont laissée quand ils sont partis.

— Quand ?

— En décembre, je crois, enfin un peu plus tôt peut-être, je ne sais pas très bien…

— C'était avant Noël ?

— Oui, avant.
— Pourquoi sont-ils partis ?
— Je ne sais pas, ils ne me l'ont pas dit.
— Vous vous disputiez ?
— De temps en temps.
— Pourquoi ?
— A cause de mon travail.
— Vous travaillez ?
— Non, je suis au chômage.
— Où habitiez-vous, avant ?
— A South Fremantle.
— Où ?
— Chez un ami.

Rod transpirait. Parfois ces questions paraissaient absurdes comme si les policiers connaissaient déjà la réponse ou s'en fichaient. Ange, qui se relayait avec Patterson pour l'interroger, cherchait surtout à faire traîner les choses et peut-être à lui soutirer une info à propos des menaces sur le match de la semaine prochaine. Ange était persuadé qu'il connaissait mieux les bikers qu'il ne le disait. Mais d'abord il fallait que Rod sorte de son état second. Ensuite il devait comprendre que les choses allaient mal pour lui. Il n'en avait pas encore pris conscience.

— Vous êtes né à Kalgoorlie, que faisaient vos parents, à l'époque ?

— Mon père travaillait dans les mines. Ma mère dans un bordel.

— Vous en êtes sûr ?

— A l'époque, je n'en savais rien. C'est après que je l'ai appris.

— Comment ?

— Des gens me l'ont dit.

— Vous en avez parlé à vos parents ?

— Des mines, oui. Mon père en parlait tout le temps.

Kalgoorlie est une ville minière à six cents kilomètres à l'intérieur des terres de l'Australie-Occidentale. Elle a toujours été réputée pour son ambiance chaude et ses bordels. Aujourd'hui, alors que le maire est une ancienne tenancière, une *madam* comme ils disent, c'est devenu une attraction touristique : le cul et le jeu. Et l'alcool évidemment. Ange ne faisait pas confiance aux réponses mot à mot de Rod. La vérité n'allait pas venir d'un coup. Mais d'abord ils ont tourné en rond, longtemps.

— Votre copain, à South Fremantle, comment s'appelle-t-il ?

— Kev.

— Kev comment ?

— J'en sais rien.

— C'est un biker ? Vous alliez avec lui ?

— Oui, il a une moto. Mais je ne fais pas partie de leur truc.

— Vous étiez à Rockingham, pour la grande démonstration ?

Rod n'a pas répondu. Ange y allait au bluff, il voulait juste voir sa réaction. Elle était molle, le fils Ricky restait silencieux. Quand ils lui posaient des questions trop précises ou qui demandaient un peu de réflexion, il se taisait. Les flics avaient de plus en plus de mal à s'y retrouver dans sa vie. Il avait travaillé mais toujours sur des périodes très courtes, une instabilité qui ne lui était pas propre, beaucoup de jeunes Australiens passent d'un boulot à l'autre et d'une ville à l'autre sans bien savoir ce qu'ils veulent. Sans doute juste assez d'argent pour se payer de la bière et des copines. En cela son histoire n'avait rien d'extraordinaire. Parfois il disait des noms de compagnie et les policiers vérifiaient. Souvent les entreprises n'avaient pas gardé de traces, parfois si. Les séjours de Rod comme salarié chez elles n'excédaient pas plusieurs mois.

— Pourquoi n'êtes-vous pas resté à Port Hedland ?

Les inspecteurs avaient retrouvé trace de son plus long travail, Rod conduisait des engins au port.

— Je me suis bagarré avec le contremaître.

— Pourquoi ?

— Je ne m'en souviens plus.

— Mais vous n'avez pas été viré pour une simple bagarre…

— Je crois que je lui avais cassé la tête.

Il disait cela avec une certaine fierté, du défi même dans son attitude, comme s'il se sentait encore inattaquable.

— Vous vous souvenez de ce contremaître ?

— C'était un Chinetoque, ils veulent toujours tout diriger.

— Vous saviez qu'il a fait cinq mois d'hôpital ?

Rod semblait s'en foutre complètement, il se sentait à l'aise sur ce terrain-là, celui de ses frasques et de sa vie professionnelle, loin de tout. Ange faisait bien attention de le laisser récupérer. Il le laissait prendre confiance avant de parler de ses parents ou de Meg Ryan. L'interrogatoire durait et cela permettait à la police de vérifier un certain nombre de pistes. Rod était bien né à Kalgoorlie, c'est là que Nicole et John s'étaient sans doute rencontrés. Elle ne semblait pas avoir travaillé dans un bordel, en tout cas les registres n'étaient pas assez vieux pour le dire. Mais ce qui était sûr c'est qu'elle avait travaillé un peu plus tard dans un service social qui s'occupait des prostituées, des étrangères notamment. Et puis toute la famille avait quitté Kalgoorlie pour Perth. Pour Beaconsfield précisément, une banlieue pauvre de Fremantle. C'est là que le petit Rod n'avait pas fait beaucoup d'étincelles à l'école. C'est là aussi qu'il s'était mis à détester le cricket.

— Pourquoi ?

— Mon père voulait que j'y joue, il me forçait à aller à l'entraînement.

— Et vous ne vouliez pas ?

— Je voulais jouer au football.

Il parlait du *footy*, ce jeu australien. Les seules capacités de Rod adolescent résidaient dans ses poings. Et le *footy*, appelé aussi *australian rules*, ce sport où tous les coups sont permis pour envoyer le ballon ovale, à la main ou au pied, entre les poteaux adverses, lui aurait sûrement beaucoup mieux convenu que l'élégante chorégraphie et la lenteur de gentleman du cricket. Il n'y avait pas d'équipe de *footy* dans son école de Beaconsfield. D'ailleurs, à cette époque, ce sport était surtout joué dans l'Etat de Victoria, autour de Melbourne. Ce n'est que récemment qu'il s'est répandu dans tout le pays. Beaucoup d'écoles hésitent encore à l'enseigner à cause de sa brutalité. Rod s'était trompé d'école et d'époque. Il avait fui dans l'arrière-pays, rien ne le retenait dans la ville qui commençait à s'embourgeoiser.

— Et votre mère, qu'est-ce qu'elle disait ?

Il se taisait de nouveau. Dès que les policiers parlaient de ses parents, mais surtout de sa mère, Rod se refermait comme une porte automatique. Le nœud du problème était là, sous leurs yeux, mais Rod n'en dirait sans doute jamais rien. Et les policiers n'avaient aucune nouvelle de John et Nicole. Pourtant l'arrestation de leur fils avait été tout de suite mentionnée dans les journaux. Que s'était-il passé entre ces trois-là ?

— Pourquoi vous êtes-vous installé à Gingin ?

— Pour l'essence, c'était un bon job.

— Cela a dû vous coûter cher de prendre la gérance de la station Gull ?

— C'était une occasion.

— Vous aviez assez d'argent ?

— Bien sûr !

Ce n'était pas vrai, c'est John qui avait casqué. Les inspecteurs en avaient eu la preuve en retrouvant des papiers chez un notaire de Gingin. Des papiers que Rod avait dû brûler en allant fouiller dans les affaires de ses parents. Il ne se doutait même pas que les notaires gardent des traces. John ne l'avait probablement pas fait de bon cœur mais, à cette époque, Rod venait de passer quelques semaines en prison à cause d'une autre bagarre sanglante et cela devenait difficile pour le fils de trouver un job.

Après, la partie est devenue plus délicate. Il s'agissait d'entrer dans le vif du sujet même si Rod ne semblait pas encore assez mûr ou assez fatigué pour cela. Ange l'a pris par surprise.

— Pourquoi êtes-vous allé à Gingin en décembre ? Pourquoi avez-vous brûlé les papiers de vos parents ? Qu'est-ce que vous cherchiez ? Pourquoi avez-vous mis la chaussure verte de Meg dans leur maison ?

Il ne lui a pas laissé le temps de respirer. Rod n'était pas assez malin, son esprit était encore trop ramolli pour prévoir que la police savait déjà tout cela ou le bluffait. Il est devenu tout rouge et puis s'est arrêté de répondre. Il n'a plus voulu rien dire et les policiers ont dû suspendre l'interrogatoire.

Il est retourné chez lui sous surveillance mais ils ne l'ont pas laissé tranquille longtemps.

— Reprenons depuis le début. Comment avez-vous connu Meg Ryan ?

— Elle est arrivée à la station Gull un jour. Elle a loué une chambre.

— D'où venait-elle ?

— Je crois qu'elle venait de Kalgoorlie.

— Elle voyageait dans un camion ?

— Oui, avec un type qui lui avait flanqué une raclée. C'est pour cela qu'elle est restée avec moi.

— Vous étiez amoureux d'elle.

— C'était ma femme.

— Dès le début ?

— Ben oui, tout de suite.

Rod mentait encore. Les flics voyaient bien qu'il voulait effacer de son esprit les quelques mois où la blonde avait fait la révolution auprès des mâles du village.

— Qu'est-elle devenue ?

— Je ne sais pas, elle a disparu un jour, j'ai vendu la station et puis je suis parti.

— Avez-vous remboursé votre père ?

Nouvelle surprise, nouvelles rougeurs, nouveaux silences. Nouvelles questions :

— Pourquoi Meg est-elle partie ?

— Elle n'est pas partie.

— Vous dites qu'elle a disparu.

— Ce sont mes parents qui l'ont tuée.

Cette fois ce sont Patterson et Ange qui ont été surpris, ils ont essayé de ne pas le montrer mais de toute façon Rod, perdu dans ses souvenirs, ne s'est pas rendu compte de leur étonnement. Ils ont battu le fer :

— Quand ça ?

— Un jour, il y avait un gros orage. Elle est allée leur rendre visite et je ne l'ai jamais revue.

— Ça ne prouve rien, a dit Patterson.

— Et la chaussure, ça ne prouve rien ?

— Quelle chaussure ? a alors demandé le policier qui voulait être bien sûr qu'ils parlaient tous les deux de la même chose.

— La chaussure verte en plastique, je l'ai retrouvée dans leurs affaires, avec les meubles.

— Oui. Et alors ?

— On s'était disputés ce jour-là. Je ne voulais pas qu'elle aille chez eux. Ça ne servait à rien. *Mum* et elle ne s'entendaient pas du tout. Je crois qu'elles s'étaient connues autrefois, Meg me l'a dit. Je ne voulais pas qu'elle y aille, elle est partie en claquant la porte avec ses chaussures à la main. Après, je suis sûr qu'ils l'ont tuée.

Cela a pris un temps fou. A cause de l'alcool qui lui manquait, à cause de sa faible intelligence et de son incapacité à synthétiser quoi que ce soit. Ange ne pouvait pas indéfiniment le maintenir en garde à vue. Ils le laissaient partir, le surveillaient. Personne ne venait plus chez lui, à East Fremantle, plus aucun copain. Le lendemain ils allaient le chercher de nouveau. Et finalement c'est venu, bribes par bribes. Il était sûr de lui, il n'y avait évidemment aucune preuve pour soutenir ses allégations. Pour Rod, ses parents avaient profité de cette nuit d'orage pour attirer Meg chez eux. Rod affirmait que son père l'avait tuée et qu'ils avaient ensuite fait disparaître le corps. Ses parents avaient toute la nuit devant eux. Rod se reprochait de n'être pas allé voir ce qui se passait. Mais la situation était trop tendue avec eux. Ils lui avaient dit que Meg était partie de chez eux vers minuit, Rod ne les avait pas crus. Enfin si, il avait fini par les croire, parce qu'il avait bien vu que Meg Ryan n'était pas heureuse à Gingin. Et il pensait tous les jours qu'elle pouvait se tirer sans prévenir. Mais il était retourné là-bas en décembre dernier et il avait trouvé la chaussure.

— Vous en avez parlé à vos parents ?

— Bien sûr que non. De toute façon ils étaient déjà partis en Nouvelle-Zélande.

Rod était sûr que ce soir-là, ce soir d'orage, Meg était partie avec ses chaussures vertes. Celle qui avait été retrouvée dans la citerne avait peut-être été égarée lors du déménagement. Des gosses avaient dû la trouver et la jeter. Rod affirmait en avoir retrouvé une dans les affaires de ses parents et l'avoir placée dans leur maison pour les dénoncer.

Meg s'était probablement tirée pendant que l'orage grondait encore. Elle avait dû filer dans un camion dont les roulements de ferraille étaient couverts par les grondements du tonnerre. Le camionneur l'avait sans doute sautée et c'est cela qu'il ne voulait pas savoir, qu'il ne voulait pas voir. Alors il trouvait d'autres issues du côté de ses parents. Sa mère ne lui avait jamais manifesté beaucoup de tendresse. Il affirmait que son père était violent. On lui avait dit que John avait fait de la prison quand il était jeune, il y a toujours des gens bien intentionnés pour raconter cela à un enfant. C'est sans doute pourquoi son père n'avait rien dit quand Rod était sorti du pénitencier. Et qu'il avait payé pour la concession Gull.

Meg était la seule femme qu'il ait jamais aimée. Elle l'avait ensorcelé et puis elle était partie. Alors ce ne pouvait pas être vrai, il avait dû se passer quelque chose d'autre. Son père et sa violence. Sa mère qui connaissait Meg Ryan et qui ne l'appréciait pas. C'était la première fois qu'il se sentait bien avec quelqu'un d'autre qu'avec ses *mates*, la première fois qu'il jouissait si bien avec une femme. La première fois, en fait, qu'il s'apercevait qu'il faisait l'amour. Il ne s'en était pas rendu compte avant, il était trop bourré. Il ne bandait avec les filles que quand il buvait. Le reste du temps, il se contentait de faire jouer ses muscles pour les impressionner, de les gonfler avec des produits de salle de gym que se refilaient les motards. Mais Meg le suçait tellement bien, sa bite devenait presque grosse. Elle le cajolait, il se rendait compte qu'elle était là, avec lui seul. Bien sûr elle était forte, ses seins volumineux, cette chair abondante, tout ça, mais il aimait ça. Il ne voulait pas penser qu'ils aimaient tous ça, les autres mecs de Gingin, celui avec des pattes fines, et l'autre sans ses bras. Il ne voulait pas penser qu'elle leur avait fait la même chose. Avec Meg, il ne pensait pas. Ses parents n'aimaient pas cette fille, alors ils l'avaient tuée. C'était aussi simple que cela.

Quand Rod avait fouillé dans leurs meubles, ce n'était pas pour ça, il n'y pensait plus trop à Meg, un bon souvenir, une brûlure à l'entrejambe. Elle l'avait marqué aux couilles pour la vie. Mais l'alcool avait fini par dissoudre le chagrin, la blessure, au fil des mois. Et puis il y avait eu les copains, les filles des copains qui se laissaient faire de temps en temps. Ce n'était pas une mauvaise vie. Et puis il était retourné à Gingin avec ses potes. D'abord juste pour s'amuser, pour les effrayer tous ces cons.

Après, il était revenu une deuxième fois, il avait retrouvé la chaussure dans une commode. Il avait de nouveau ressenti la brûlure entre les cuisses, ce tiraillement. Et soudain il en avait été sûr. Sûr et certain. Si Meg avait disparu ce n'est pas qu'elle l'eût quitté, c'est qu'il s'était passé autre chose. Son cerveau s'était mis à se souvenir de ce soir d'orage, comment Meg et lui s'étaient engueulés. Il était furieux qu'elle aille chez eux, il l'avait avertie que son père était dangereux. La preuve, il l'avait étranglée finalement. Il en était sûr.

Maintenant les flics ne pouvaient plus l'arrêter sur ce sujet. Des années de silence qui s'achevaient brusquement en face d'eux. Des années de frustration. Bien sûr c'était le manque d'alcool et Ange avait compté là-dessus aussi. Mais ni lui ni Patterson n'avaient prévu que le délire du fils Ricky irait aussi loin.

Il en voulait à ses parents de ne pas être plus intelligent. Et il se vengeait. Il les accusait d'un meurtre que les Ricky étaient sans doute bien incapables d'avoir commis, perdus au fin fond de la campagne australienne, un soir d'orage.

Les flics n'y croyaient pas. Il fallait attendre la version du couple Ricky qui ne donnait toujours pas signe de vie. Devant eux les policiers avaient un homme humilié. Rod avait toujours senti qu'il n'avait pas grand-chose dans la cervelle. Pas grand-chose entre les jambes non plus, il le devinait, sa petite bite, sa misère sexuelle. Il n'avait que son corps et ses poings. Et c'était insuffisant pour les filles, pour la réussite, pour les dollars aussi. On le traitait mal, on l'avait toujours maltraité. Les contremaîtres chinois par exemple. Alors il buvait. Il buvait et il cognait. Comme son père l'avait cogné quand il était jeune avec ses mains comme des battoirs. Comme son père avait cogné et étranglé Meg, il en était sûr. Comme son père et sa mère avaient transporté le corps de cette femme pour qu'elle ne revienne jamais.

Les flics n'y croyaient pas trop. Mais il y avait tout de même cette chaussure verte que Rod avait retrouvée dans leurs affaires. Et Ange savait que c'était vrai, qu'il ne mentait pas puisque les empreintes récentes qu'ils avaient détectées sur le soulier étaient bien celles du fils Ricky.

XXVIII

AVEC DES SI…

D'ailleurs, pour le reste, Rod n'avait pas beaucoup menti. La longueur de son interrogatoire a permis à la police d'effectuer toute une série de vérifications. Après qu'ils avaient quitté Kalgoorlie, John était souvent absent car ses postes dans les mines étaient éloignés. Il revenait par période. Des personnes, notamment des enseignants, se sont rappelé que Rod était un enfant difficile et que Nicole, cette femme charmante, avait bien du mal à en venir à bout. Mais à leur connaissance elle ne le frappait jamais. Peut-être John s'en chargeait-il quand il revenait à la maison ? Peut-être pas. Peut-être aurait-il dû ?

Meg Ryan avait bien été pute de longues années à Kalgoorlie. Elle était passée par les services sociaux mais elle n'avait pas pu y rencontrer Nicole, ce n'était pas la même époque. L'hostilité de Nicole Ricky pouvait s'expliquer car les problèmes de Meg semblaient infinis, identiques à ceux qu'elle avait traités, des années, dans ces services d'aide. La blonde avait été en prison, plusieurs fois, pour des bagarres ou pour s'être mal conduite avec des clients. Il ne se passait pas six mois sans qu'elle n'ait des ennuis.

Quand Nicole avait vu débarquer cette créature à Gingin, il est possible qu'elle ait deviné d'où elle venait et qu'elle se soit renseignée auprès de ses anciens collègues. Derrière le comptoir de la petite épicerie que Rod, trop souvent ivre, était bien incapable de tenir correctement, Nicole avait dû voir Meg manœuvrer et fondre sur la proie facile qu'était ce quasi-puceau de Rod. La position sociale autant que ses muscles l'avaient séduite. Le passé de Meg expliquait pourquoi personne n'avait jamais demandé à la rechercher. Elle n'avait probablement laissé de bons souvenirs qu'à quelques clients de passage. Et c'était sans doute à cela que se résumait sa vie.

C'est au bureau de mon copain flic, Ange, que j'ai eu la confirmation de mes intuitions. Il me tenait régulièrement informé de l'interrogatoire. Mon point de vue extérieur l'intéressait et j'avais enquêté sur place. Comme Patterson mais avec un œil différent et une plus grande confiance de la population. Et surtout, l'histoire de Rod et de ses parents me passionnait.

J'avais revu dans son bureau le magazine *OZ Biker* que j'avais feuilleté distraitement la première fois et j'ai eu le sentiment de toucher au but. Il fallait absolument que je voie cette Alexandra avant de parler de mes élucubrations à Ange. Le jour de l'arrestation de Rod, Clive m'avait dit de venir à son cours. Mais, ce jour-là, j'avais fait chou blanc. Alexandra était absente, Clive ne l'a pas vue pendant plusieurs jours. Elle s'était ensuite excusée, prétextant un aller-retour dans son village où sa mère avait des problèmes de santé. Ça tombait bien, c'était de Gingin que je voulais lui parler.

Mais je n'ai réussi que le 1er février, tard le soir. La veille du match de préparation à la Coupe du monde contre les West Indies au WACA.

Alexandra était fatiguée mais mes questions semblaient l'amuser. Elle y répondait comme si elle parlait d'une autre vie dont elle se souvenait à peine. Elle était forte, c'est vrai, mais avec cette grâce que certains obèses ont quand ils dansent. Et un sourire rusé sur un visage ravissant. Une peau de porcelaine et des yeux tendres. Nous étions sur la terrasse d'un bistrot de Market Street que les touristes avaient depuis longtemps désertée. Quasiment seuls, dans une atmosphère de confidences et de nuit cocon. Je la trouvais vraiment sympa.

— Est-ce que le nom de Lee Stadler vous dit quelque chose ?

— Lee Stadler, je ne sais pas, je ne me souviens pas bien mais Stadler, oui sûrement.

— Pourquoi ?

— Une sacrée famille. Ce sont eux qui tenaient la station d'essence de Gingin. J'étais encore jeune mais je m'en souviens bien. Avant les Ricky. Ils n'arrêtaient pas de faire des salades là-bas. Lee, c'est peut-être l'un des fils.

— Il y en avait plusieurs ?

— Au moins deux. Mais leur prénom…

— Ce type-là, ça vous dit quelque chose ?

Je lui ai montré le reportage sur Lee Stadler et sa moto Harley-Davidson. C'est ce qui avait fait tilt dans mon esprit. Les deux zozos avaient parlé d'une moto ancienne bleu métallisé et rutilante lors du deuxième raid de Rod Ricky. Plus tard je m'étais souvenu du reportage du magazine de motos.

— Bien sûr, c'est lui, c'est le fils du garagiste. C'est comme ça qu'on l'appelait. Qu'on les appelait tous d'ailleurs sans les distinguer. Ils avaient le garage avant les Ricky. C'est à eux qu'ils ont vendu. On en a été bien débarrassé…

— Et ils sont partis ?

— Les parents oui, mais les fils sont restés dans le coin, je crois. Il y en avait un qui était copain avec Rod. Ils ont accompli ensemble toutes les conneries possibles au monde.

Je regrettais de ne pas avoir parlé plus tôt avec Alexandra. Je le lui ai dit. Comme je regrettais de ne pas avoir su tirer les vers du nez aux deux imbéciles, mes copains. Si la moto de Lee Stadler était venue dans leur bled, elle ne pouvait pas être conduite par lui, il était déjà en prison. Si ce n'était pas lui, c'était donc son frère. Et les zozos le connaissaient forcément. Ils ne me l'avaient pas dit.

Cette fois, le hasard était contre moi. J'ai essayé de joindre Ange ou Patterson avant le match. Je n'y suis jamais parvenu. Ils étaient trop occupés. A préparer l'événement. A interroger Rod. A approfondir l'enquête sur place. Ou à dormir quelques heures avant l'heure H. Si j'avais interrogé Alexandra plus tôt, si les gars ne m'avaient pas menti, s'ils m'avaient dit qu'ils connaissaient l'un des motards, celui de la Harley-Davidson, si j'avais pu prévenir la police, un drame aurait pu être évité. Mais avec des si…

De leur côté, les policiers s'en voulaient de n'avoir pas tout vérifié auparavant. Comme ils s'en voulaient de ne pas avoir fouillé encore la maison de John et

Nicole à Gingin. Mais le cas de Meg n'intéressait personne et personne n'avait fait le moindre effort pour approfondir le problème.

C'est encore le lieutenant Patterson qui s'y est collé dans cette même période de flottement avant le match international au WACA. Ange était trop pris par la mise au point de la sécurité du stade et il avait toute confiance dans le flair de son équipier. La maison bleue n'était pas sale, pas abandonnée non plus. La sécheresse de l'été avait effacé toutes les moisissures et toutes les coulures de pluie de l'hiver. Les deux citernes étaient vides, comme la maison.

Les policiers ont tourné en rond longtemps dans l'espace désert délimité par les murs en bois, le toit en tôle, les rideaux baissés et la terrasse abandonnée. Il n'y avait plus aucune fleur autour. Les eucalyptus poussaient encore comme du chiendent mais ils étaient malades, ils perdaient leurs feuilles. L'un des eucalyptus saignait. Sa sève coulait par une plaie béante le long du tronc. Une sève rouge vif qui virait au carmin au fur et à mesure que le liquide de l'arbre se solidifiait. Patterson y avait vu un mauvais présage.

Il tournait en rond avec les deux autres policiers qui l'accompagnaient. Où chercher ? Que faire ? Dans quelle direction aller pour tenter de retrouver les traces d'un drame improbable ?

Ils pouvaient toujours commencer à creuser le jardin, ce qu'ils firent. La terre était un peu plus meuble à certains endroits, sous les plates-bandes abandonnées, sous les tiges de rosiers fanés. Et puis Patterson a vu un espace vide contre le garage. Un endroit où on avait entassé sur la terre des pots, des ustensiles, quelques cageots en vrac. Ils sont allés chercher une pelleteuse, c'est au garage Gull qu'ils l'ont trouvée. Ironique. Ils ont creusé beaucoup, les deux assistants de Patterson disaient qu'ils perdaient leur temps. Mais l'intuition du lieutenant le faisait continuer. D'ailleurs c'est bien grâce à cette intuition, à cette obstination, qu'il avait trouvé la chaussure verte, déposée par Rod sous l'escalier, la première fois qu'il était venu.

Son intuition était la bonne. Il ne restait que des os et des vêtements et l'identification prit encore un peu de temps. Mais il s'agissait bien des restes d'une femme bien charpentée. La taille des haillons qui n'avaient pas pourri ou qui n'avaient pas été dévorés par les insectes indiquait qu'elle était de forte corpulence. Tout laissait supposer qu'il s'agissait bien de Meg Ryan. Sous la maison des Ricky.

Patterson n'a pas eu le temps ou l'idée de me prévenir. Je n'ai, hélas, pas réussi à le joindre à temps pour lui faire part de mes découvertes sur les Stadler.

Un mandat d'arrêt a tout de suite été lancé à travers tout le pays. Il devenait urgent de retrouver John et Nicole. Même si la police se doutait bien que ce ne serait pas facile dans ce pays immense, dans ce continent désert où l'homme prend moins de place qu'une fourmi.

XXIX

UN SPRINT SPECTACULAIRE

Ce jour-là, un des tout premiers de février, il y avait comme une paresse. Les spectateurs ne se pressaient pas vraiment pour se rendre au stade. Mais tout le cricket est une paresse, un cérémonial. Les amateurs savent qu'ils en ont pour la journée. Il n'est donc pas utile de se rendre sur place à onze heures ou à midi. Il est plus important de ne pas oublier le pique-nique et le thermos de thé. J'ai bien vu tout cela parce que, si j'avais l'habitude de regarder les matches à la télé, je n'allais pas souvent au stade, en tout cas jamais pour un match international qui peut durer plus de huit heures. J'étais donc arrivé beaucoup trop tôt, avant même le coup d'envoi, alors que l'enceinte était encore à moitié vide.

Ce jour-là, il y avait comme une lourdeur. Dès le matin, une brume inhabituelle. Elle laissait maintenant la place à des grappes de nuages gris. En été, cette côte ouest de l'Australie reçoit les alizés de l'océan Indien avec une régularité de trains de banlieue. Même jour, même heure, jusqu'à la prochaine saison et il fait beau tout le temps. Mais une ou deux fois les repères se brouillent, les cyclones qui passent au nord du continent provoquent des remous collatéraux. C'était un de ces jours rares, où le ciel de Perth ne serait pas couleur cobalt. Alors dans l'atmosphère, une épaisseur.

Ce jour-là, il y avait comme une vulgarité. L'inélégance de la foule, l'élégance des joueurs. Juste le côté beauf de l'Australie. Des beaufs calmes. Je doutais qu'ils soient jamais saisis de frénésie. Ils arrivaient sans se presser, ils applaudissaient mollement les premiers lancers des joueurs.

Ce jour-là, il y avait comme une menace. Dans ma tête, pas dans la leur. Non pas que j'eusse pensé être le seul dans le secret des dieux mais la plupart des policiers ne savaient pas pourquoi ils étaient là en renfort. Le souvenir des violences précédentes commençait à s'estomper et le public revenait dans les stades. Les vrais amateurs, pour un match de ce niveau, s'étaient déplacés et après l'heure du déjeuner le stade s'est rempli presque complètement. Les nuages dans le ciel étaient-ils prémonitoires ?

A combien de personnes Ange avait-il confié le même genre de mission que la mienne, c'est-à-dire être simplement au milieu de la foule, pour observer ? Que devais-je remarquer avec mes jumelles ? Qu'est-ce qui pouvait me paraître étrange dans une foule colorée, dans un magma bigarré de shorts, de bermudas et de maillots publicitaires ? Ange m'avait donné une ligne directe à appeler de mon portable, en cas d'urgence. Mais le prévenir de quoi ? Ce n'est pas du public du cricket qu'allaient sortir des fumigènes ou des chants nazis comme aux matches de foot européens. *Shocking !*

Ce jour-là, il y avait aussi comme un match, un *one day match*. Pas tout à fait un vrai combat puisque, s'il était international, il n'avait aucun enjeu. Match amical, comme on dit. Les deux équipes, observées par tous les autres participants de la World Cup, allaient plutôt tenter de cacher leurs faiblesses plutôt que de découvrir leurs forces. Les West Indies (l'équipe des Antilles anglophones) montraient déjà leur exubérance. Leurs joueurs, vêtus de rouge sombre, lançaient en premier et ils avaient eu plusieurs fois l'occasion de sauter en l'air et de se frapper dans les mains pour quelques points marqués. L'équipe *aussie*, maillot or, parements verts, alignait une majorité de remplaçants. Les derniers espoirs de sélection. Les bondissements, les éclats étaient du côté des Antilles. Le calme, la ruse, du côté des favoris australiens.

D'ailleurs, dans d'après-midi, à l'approche du break, il ne s'était pas passé grand-chose. La ruse l'emportait sur le panache, les nuages s'accumulaient au-dessus du stade et de la ville, les champions du monde tenaient leur rang et je n'avais toujours rien vu de suspect.

Quoique.

Mon boulot consistait à repérer avec un œil de non-initié ce qui me paraissait bizarre. Et les seuls que je ne m'attendais pas à voir là, c'étaient des motards. Dans le stade il y en avait. Ils avaient le cuir, les jeans trop chauds pour le lieu et les casques sagement accrochés au sac de pique-nique. Leurs thermos contenaient sans doute de la bière fraîche mais ce n'était pas mon problème.

Alors je les ai cherchés entre deux séquences de jeu. Et même pendant le jeu lui-même, fait de jaillissements brefs et de lancers de balles de quelques secondes. Et parfois de renvois de cette même balle par le batteur très loin, dans les tribunes. C'est ce qu'on appelle un run. A un moment, un joueur des West Indies en a fait un. Avec sa batte, il a expédié la balle australienne jusque dans les travées et elle a atterri au milieu d'un groupe cuir et jeans. J'ai braqué mes jumelles sur eux. Ils ont cherché la balle sous les sièges et l'ont relancée sans enthousiasme mais sans agressivité non plus. Des spectateurs ordinaires. En un quart de seconde j'ai pensé qu'ils auraient pu renvoyer une grenade à la place. C'était aussi idiot que tous les autres scénarios que j'imaginais. Comment auraient-ils pu savoir que le batteur antillais allait justement envoyer la balle sur leur petit groupe ? Peut-être aussi que ces motards-là n'étaient pas des bikers. Qu'ils n'appartenaient pas aux gangs même s'ils faisaient de la moto. C'était le plus probable.

C'est un peu plus tard que je l'ai vu, au milieu de l'après-midi, alors que l'Australie avait déjà tué le suspense en prenant le large. A ce rythme-là, le match pouvait être écourté et arrêté assez vite. Les nuages devenaient de plus en plus épais et sombres et la chaleur faisait couler la transpiration chez les spectateurs et les joueurs. Il était seul au milieu d'un groupe de surfeurs. Il ne bougeait pas beaucoup à ce que j'ai pu voir après avoir accommodé plusieurs fois mes binoculaires.

C'était bien lui, les cheveux blonds tirant sur le roux comme la bière des *Little Creatures*, les tatouages en cercle sur les bras. Oui, c'était bien le mec qui se faisait faire des choses pas catholiques au sauna, le jour où j'avais retrouvé Ange. Cela aurait pu être une simple coïncidence, sauf que c'était bien lui qui m'avait agressé à la brasserie-restaurant. C'est à lui que je devais ce bain de minuit imprévu. Cette fois, je l'avais bien reconnu et je ne le confondais plus avec mon voisin Rod. Il est vrai que, depuis, j'avais eu plusieurs fois l'occasion d'observer de près le fils Ricky.

Trop de coïncidences nuisent au hasard. J'ai décidé de m'approcher. C'était difficile. Il était à cinquante mètres de moi, trois travées sur la gauche. Je ne voulais pas qu'il me voie et qu'il remarque que je l'observais avec mes jumelles. Je suis monté vers les hauteurs du stade comme si j'allais aux toilettes. Ce dont j'avais envie depuis déjà cinq heures que j'étais assis comme un légume sur mon siège.

Lorsque je suis arrivé en haut il y a eu, exactement au même moment, une phase de jeu extraordinaire. Une balle lancée assez loin dans le champ, rattrapée *in extremis* par les joueurs des Caraïbes et revenue au point central après un relais express entre trois Antillais. Tellement spectaculaire que la foule s'est levée et a applaudi l'équipe des West Indies qui venait de sauver quelques points. Le public australien appréciait à bon compte car les Antillais avaient trop de retard pour revenir sur l'équipe nationale. Je n'ai pas pu m'empêcher d'applaudir moi aussi parce que c'était tout ce que j'aime dans le cricket : cette fulgurance de quelques instants au milieu de longues séquences insipides.

Et la foule s'est rassise. Et la transpiration qui coulait dans mon dos s'est soudain glacée. Quand j'ai dirigé mon regard vers le tatoué, sa place était vide. *Damned !*

J'ai regardé partout. Il y avait bien quelques spectateurs que cette phase de jeu avait énervés et qui partaient soulager leur vessie. Une dizaine qui remontaient les travées. Mais pas cet homme blond aux cercles sur les bras. J'avais failli. J'ai eu tout de suite la certitude que c'était bien lui que je devais observer. Aucun flic n'avait de vraie raison de le suspecter, moi si. Une juste revanche sur mon bain forcé. Mais il n'était plus là. Aussi loin que portait mon regard, il n'y avait plus traces de ce biker étrangement isolé quelques instants plus tôt au milieu de la foule bon enfant. Accablé, je me suis posé sur un siège au bout d'un rang. Le voisin m'a regardé bizarrement mais seulement parce que je ne manifestais plus mon admiration pour le jeu. Il a dû penser que j'étais perdu, ce qui était le cas. Je lui ai souri et il ne m'a plus prêté attention.

Et puis, je l'ai vu de nouveau et j'ai recommencé à respirer.

Il sortait des toilettes et, au lieu de regarder vers le terrain, il s'est tourné à droite et à gauche avec un calme scrutateur. Il ne s'intéressait pas au jeu à cet instant, si jamais cela avait été le cas. D'ailleurs dans un premier temps, ce n'est pas vers sa place qu'il s'est dirigé. Il a longé le haut des tribunes comme s'il voulait sortir du stade. Il portait un sac de sport à bout de bras, comme des milliers d'autres, comme ceux qui contenaient encore des restes de sandwiches et un thermos vide. Et il s'approchait de moi. Heureusement, j'étais assis, sinon il m'aurait déjà reconnu. Mais son regard portait plus loin, vers quelque chose que j'étais bien incapable d'identifier.

Quand il s'est approché, j'ai bien distingué sur son visage la cicatrice qui lui barrait la joue gauche et qui disparaissait sous la barbe un peu en dessous de l'oreille. Cela m'a rassuré au cas où je me serais fait du cinéma en croyant voir des bikers menaçants partout. J'étais sûr de ne pas me tromper. Je me suis tassé, j'étais vulnérable. Assis, ma grande carcasse était moins identifiable. Je n'entendais plus les bruits du stade scotché tout entier au déroulement du match. Je ne pensais qu'à me fondre dans la foule, à disparaître dans la masse. Quelques secondes auparavant j'avais même ôté ma casquette rouge du club de golf de Joondalup.

C'est à ce moment-là que l'orage a éclaté. Le vent avait d'abord balayé le terrain plusieurs fois, soulevant même de la poussière en tourbillon. A l'extérieur, les branches d'eucalyptus se tordaient. La lumière avait baissé et un coup de tonnerre a précédé l'averse. Il y a eu un moment de flottement. Les arbitres hésitaient à interrompre le jeu. Le public hésitait à se couvrir. J'ai hésité à regagner ma place. Et le tatoué hésitait lui aussi à partir dans la direction qu'il avait choisie.

Pendant quelques minutes la pluie a accentué son balayage, les éclairs ont augmenté leur fréquence. Les joueurs ont foncé vers les vestiaires après le coup de sifflet de suspension. Les spectateurs se serraient sur leurs sièges en plastique et au fond cette ondée brutale rafraîchissait les ardeurs et les suées de l'après-midi. Je ne quittais pas des yeux le biker. Comme à contrecœur, il a regagné la place restée vide. Il s'est abrité de la pluie sous son sac de sport, sans parler à ses voisins qui l'ignoraient. L'eau coulait sur le sac et sur ses bras. Sur les tatouages que je gardais en point de mire dans mes jumelles.

L'orage s'est arrêté aussi vite qu'il avait déboulé au milieu de la partie. Il ne s'est pas passé dix minutes et le jeu a repris. J'étais revenu à ma place. Pendant l'intermède, n'ayant plus à admirer les phases de jeu, je pouvais, comme beaucoup d'autres spectateurs, scruter la foule. Le tatoué restait immobile, comme prostré.

Le jeu a repris. Les applaudissements aussi comme si les milliers de supporters s'ébrouaient. Et puis la lumière est réapparue sous les nuages. Et puis le vent nous a séchés. Et puis le premier run a atterri assez près de moi, dans ma partie de tribune. Et puis l'homme que je surveillais s'est levé de nouveau. Il avait toujours son sac en toile à la main. Il regardait encore autour de lui, tout autour. Lentement.

Cette fois, je l'ai suivi. De loin. Ma tâche était facilitée parce que nous n'étions pas les seuls à bouger. Les matches de cricket sont longs et le public se déplace beaucoup. Boire, acheter des sandwiches, fumer sur les extérieurs, pisser, retrouver les copains, manger, se secouer. Le cricket est un cérémonial côté terrain, côté tribunes aussi. Je n'avais toujours pas remis ma casquette rouge, l'homme se dirigeait vers une tour de télévision.

Le jeu était dans une phase importante, il avait peu de chances de s'interrompre. C'était le dernier effort des Australiens avant la victoire. Ils confortaient leur score. La télévision retransmettait. Les postes des commentateurs étaient en face, dans des cages vitrées, que la police protégeait avec soin. Les caméras étaient disséminées sur le terrain et dans les tribunes.

Notamment une, en haut de cette tour. Une caméra panoramique, commandée à distance, qui prenait tout le stade en plan large. Elle était au bout d'une flèche métallique qui surplombait la construction. La tour n'était pas protégée, en tout cas pas plus que n'importe quelle travée. En bas il y avait une porte. Le tatoué s'est dirigé vers elle. Aussi naturellement qu'un gars chargé de l'entretien, toujours lesté de son sac négligemment jeté sur son épaule, il a ouvert la porte avec une clé.

J'ai foncé. Je n'étais pas très loin, je m'étais suffisamment avancé pour qu'il m'aperçoive, cette fois. Je ne savais pas ce que je cherchais au juste, je sentais que le danger venait de lui, de l'aisance qu'il mettait à se glisser vers ce poste d'observation isolé. Pour que son geste paraisse sans doute plus naturel, il n'a pas tourné la tête pendant les derniers instants où il s'est approché de l'escalier. Il ne m'a pas vu observer son manège.

J'ai appelé Ange. En cinq secondes j'avais à peu près tout expliqué.

Je paniquais un peu car je n'étais même pas sûr que ce type ne soit pas un technicien de la télé. J'ai couru à mon tour vers la porte. Enfin courir c'est beaucoup dire parce que je ne voulais pas paraître suspect. J'ai appuyé sur la poignée, la porte était bloquée de l'intérieur.

J'ai tourné derrière la tour comme si j'allais ressortir du stade. Ceux qui me regardaient maintenant étaient des placiers placides que ma conduite n'intriguait pas encore. J'ai fait comme si je m'étais trompé de chemin. Il n'y avait absolument personne, juste une échelle de secours qui grimpait côté extérieur.

Elle surplombait vingt mètres de vide et j'étais bien incapable d'y grimper. Mais en me penchant je pouvais arriver à une petite ouverture, une de celles qui ponctuaient la construction ronde en béton. Alors je l'ai vu de nouveau.

Le tatoué était assis sur les marches d'un escalier de béton près d'une ouverture côté stade. Il avait déposé son blouson de cuir à côté de lui et ouvert son sac de sport. Il ne pouvait pas me voir parce qu'il était tourné vers les joueurs qui poursuivaient sur le terrain leur ballet codifié. Il était en train de remonter consciencieusement un fusil à lunette. J'ai hurlé.

Je ne sais pas s'il m'a entendu. Quatre types en civil fonçaient maintenant vers la tour, leur allure ne pouvait pas tromper. Ange les avait alertés. Je leur ai indiqué la porte. Ils n'ont même pas essayé de l'ouvrir avec une clé, ils ont fait sauter la serrure avec une sorte de pied-de-biche. Je leur ai dit que le type était armé. Le tatoué fuyait déjà vers le haut de la tour, vers les toits. En m'engouffrant dans la colonne obscure, j'ai senti les vibrations de sa course dans l'escalier de béton.

Sur les marches nous avons trouvé son arme, même pas complètement assemblée. Il avait préféré l'abandonner sans crainte de laisser ses empreintes. J'avais vu, par la minuscule fenêtre, qu'il la manipulait avec des gants. Cet abandon m'a soulagé. Les quatre types ont couru avec moi jusqu'à l'ouverture extérieure. Le tatoué filait sur le toit, son blouson à la main. L'endroit n'était pas très stable, un peu incurvé avec toutes sortes de ferrailles. Il avait une bonne avance sur nous. Les spectateurs du côté opposé pouvaient sûrement voir nos silhouettes poursuivant le biker vers l'arête du toit à une vingtaine de mètres au-dessus du sol.

Soudain, tout s'est accéléré. Le blond s'échappait vers une autre porte. Nous n'aurions jamais le temps de le rattraper, il avait trop d'avance, il courait vite, trop vite. Il a buté sur une structure métallique. Il a tenté de se rattraper mais il n'y avait rien pour l'aider. Et quand il a roulé sur le toit, il n'a pu se raccrocher à aucune aspérité. Il était trop près du bord, il n'a pas eu le temps. Quand son corps a chuté au milieu des tribunes, seule une partie des spectateurs a compris, les autres étaient absorbés par le match. Il s'est écrasé entre deux travées, sur un escalier de ciment. Il n'avait aucune chance.

Les joueurs ne l'ont sans doute pas vu mais toute une partie du stade, intriguée par la poursuite qui s'était organisée sur le toit, avait parfaitement suivi la scène. L'arbitre principal aussi. Il a tout arrêté. Tout s'est arrêté. Une clameur de détresse a succédé à un silence mortel de quelques secondes. Par terre, ce ne devait pas être beau à voir mais nous ne pouvions pas nous pencher sans risquer de tomber nous aussi. Le match n'a jamais repris, les Australiens ne pouvaient plus être rejoints.

Plus tard, très tard le soir, on a su que l'homme s'appelait Kevin Stadler. Qu'il avait un passé judiciaire et un casier chargé de condamnations mineures : état d'ivresse, bagarres, dégradations mais jamais plus. Et qu'il habitait un pavillon à South Fremantle. Les flics ont compris après que c'était là qu'avait habité Rod Ricky avant qu'il n'investisse la maison de ses parents. Kevin Stadler était son copain, son *mate*, comme ils disent là-bas. En tout cas le type qui l'avait logé chez lui pendant des mois. Et c'était bien le frère de Lee, le chef emprisonné, l'homme à la moto rutilante, la Harley de collection, le dur en photo dans le dernier numéro d'*OZ Biker*.

XXX

KEVIN STADLER

Si les flics ont pu rapidement faire ces rapprochements, c'est que j'ai enfin réussi à fourni à Ange mes infos sur le passé de Stadler à Gingin, tout ce que j'avais appris par Alexandra.

Si j'avais pu l'alerter plus tôt, sans doute l'aurait-il arrêté avant qu'il ne se rende au stade. On aurait ainsi pu éviter qu'il ne se tue, même si personne, hormis son frère, n'avait la moindre raison de le regretter. On aurait pu surtout l'interroger et comprendre de quels méfaits il s'était rendu coupable. Les soupçons n'étaient que des conjectures. Mais son lien familial avec le chef des Rebel's Tattoos et la certitude qu'il faisait lui aussi partie du groupe, tout cela aurait sans doute permis à la police, si elle avait pu le questionner, d'avancer beaucoup plus vite dans le démantèlement du gang. Si seulement j'avais réussi à les prévenir à temps…

Quoiqu'à y réfléchir, l'attitude et les manières d'agir de Kevin apparaissaient pour le moins irrationnelles et sans doute suicidaires. Comment espérait-il abattre un joueur au fusil à lunette et parvenir à s'échapper de la tour de télévision du stade ? Où pouvait bien le mener sa course désespérée sur le toit ? Qu'espérait-il sinon être arrêté et retrouver son frère Lee en prison ? Cette attitude suicidaire collait assez bien avec le profil et le parcours du personnage. Un joueur en bout de course. Un type dangereux, prêt à tout, qui ne parvenait plus à contrôler son destin maintenant que son frère n'était plus là pour l'aider. Il n'avait plus rien à perdre.

Les enquêteurs ont réussi assez vite à le cerner en allant enquêter à Gingin et en fouillant dans son passé qui s'étalait dans les archives de la police et dans son casier judiciaire. Aux arrestations près et sans doute aux plus graves délits, sa vie était un copié-collé de celle de Rod Ricky. Qui avait déteint sur l'autre ? Qui avait entraîné l'autre ?

Quand on lui a appris la mort de Kevin et le forfait qu'il s'apprêtait à commettre dans le stade, Rod a été saisi de stupeur. D'abord il s'est effondré. Il a pleuré comme un gamin ou comme une personne très émotive, ce qu'il n'avait pas montré jusque-là. Il était soudain perdu, à la limite de la cohérence, comme si tout son univers se désintégrait. Ensuite il a fait preuve d'un mutisme total sur ce sujet et il n'a plus jamais voulu parler du tatoué.

Pour le reste, ils avaient le même parcours et la même personnalité, à la violence près. Kevin Stadler avait eu la même enfance déstructurée que Rod, il avait le même QI limité, la même addiction à l'alcool depuis l'école, la même misère sexuelle – peut-être pas pour les mêmes raisons, lui qui allait se faire sauter au sauna par les pédés. Il employait le mot avec beaucoup de mépris. Mais il ne parlait jamais de ça, il ne pouvait le dire à personne dans son entourage.

Il avait été élevé dans un autre village agricole, ses parents n'étaient venus à Gingin que cinq ans avant les Ricky. Lui non plus n'avait pas laissé beaucoup de bons souvenirs sur son passage. Les habitants se rappelaient tous très bien de ses frasques. Personne n'en avait parlé jusque-là car ils en avaient encore peur, mais ils ont fini par les raconter quand la police est venue officiellement les interroger. La balafre au visage, il l'avait récoltée là-bas, au garage. Une bagarre qui s'était mal passée un soir où il était déjà ivre. Un de ses copains, un client du garage, n'avait soudain plus supporté sa violence et l'avait frappé avec un démonte-pneu. Le gars s'en était amèrement repenti car on l'avait retrouvé le dimanche matin suivant dans un fossé, bras et jambes cassés, un hématome à la tête. Il avait récolté trois mois d'hôpital mais n'avait pas porté plainte, il avait dit qu'il était tombé de sa mobylette. La mobylette, les habitants l'avaient retrouvée quatre cents mètres plus loin ! Et personne ne doutait de l'identité de l'auteur ou plutôt des auteurs de l'agression. On l'attribuait aux fils du garagiste. C'est comme ça qu'on les appelait toujours, Kevin et Lee, sans les différencier. Les coups, ils les faisaient toujours ensemble.

Dans sa cellule, Lee restait aussi muet que Rod. Lui aussi avait accusé le coup lorsqu'il avait appris la mort de son frère. Il avait essayé sans succès de ne rien laisser paraître. Mais il s'était encore refermé un peu plus.

A Gingin, les habitants ne les distinguaient pas très bien. Physiquement ils se ressemblaient, surtout à l'époque, avant que Kevin ne couvre son corps de tatouages et ne se teigne les cheveux en blond. Lee, qui avait d'autres ambitions, n'avait jamais tenu à se faire remarquer ainsi. Ça l'arrangeait parfois que son frère Kevin soit aux avant-postes dans les bastons. Parfois il tentait aussi de le calmer mais cela personne ne le savait. La police a vite compris que ces deux-là ne s'étaient jamais quittés.

Ce qui le différenciait de Rod Ricky c'était que Kevin n'avait pratiquement jamais travaillé. Un peu au garage, ensuite il avait exécuté les basses besognes pour les Rebel's Tattoos. Cela arrangeait Lee. Jusqu'à ce qu'il ne parvienne plus à le contenir. C'est ce qui s'était passé ces derniers mois.

L'autre vraie différence c'étaient les parents. Difficile de le préciser car personne ne savait où ils étaient : Mr et Mrs Stadler s'étaient bien gardés de se manifester après la mort de leur gangster de fils. Mais, à Gingin et dans tous les autres bleds où ils étaient passés, eux aussi avaient laissé des souvenirs détestables. La seule chose positive qu'on disait du père, un ivrogne patenté, c'est qu'il était un très bon mécanicien. C'était la seule raison – valable au demeurant – qui leur permettait de garder les clients au garage. Peut-être aussi parce qu'il n'y avait pas d'autre endroit pour réparer la moindre machine à cinquante kilomètres à la ronde…

Quant à la mère, qui tenait la caisse à la concession Gull et qui servait l'essence, on la disait revêche et renfermée. Jamais un sourire ni un mot de trop. En fait elle était surtout effacée par le trio d'hommes qui faisait la loi autour d'elle.

Pour l'heure, les parents Stadler étaient aussi muets que les Ricky. Un fils en prison, l'autre mort, rien de tout cela ne semblait suffisant pour qu'ils réapparaissent.

XXXI

GROSSES MOTOS ET PACKS DE BIÈRE

John et Nicole Ricky ont été retrouvés. Plus vite et peut-être même plus facilement que prévu.

Il fallait absolument les entendre puisque le scénario de la police ne tenait plus debout. Les flics avaient arrêté Rod sous l'inculpation de séquestration et peut-être de meurtre. Cela paraissait maintenant improbable puisqu'on avait retrouvé les restes de la prostituée, six ans après, sous la demeure de ses parents. A moins d'imaginer qu'il avait été complice, la police voyait mal comment Rod aurait pu enterrer sa victime sous leur maison. Ni pourquoi il les aurait mis lui-même sur la piste.

Mais maintenant Rod risquait de voir les charges changer de nature. Quels étaient ses liens avec Kevin Stadler ? Etait-ce simplement un *mate* chez qui il logeait ? Faisait-il lui aussi partie de la bande, du gang ? Car si l'appartenance de Kevin au groupe de bikers a très vite été vérifiée en raison de la proximité avec son frère, la police ne parvenait pas à savoir quelle était l'attache de Rod à ces groupes. Tous ceux qu'elle a interrogés par la suite ont affirmé ne pas le connaître ou ne l'avoir aperçu qu'à de rares occasions. Peut-être cherchait-il à s'intégrer aux motards sans y parvenir ? Peut-être les bikers interrogés le trouvaient-ils trop con ou trop peu fréquentable ? Ce serait assez ironique.

Il ne pouvait nier sa relation avec Kevin, il avait logé chez lui. La question était de savoir s'il était complice de ses virées meurtrières. A Gingin, les deux zozos, enfin interrogés par la police, avaient avoué qu'ils avaient bien reconnu Kevin lors du deuxième raid avec Rod quand celui-ci était venu fouiller dans les affaires de ses parents. Ils disaient ne pas l'avoir raconté parce qu'ils ne pensaient pas que ça pouvait intéresser quiconque, même la police. Tu parles !

En attendant, les policiers pouvaient quand même poursuivre l'interrogatoire de Rod. Sur Kevin, sur Meg, sur la station Gull et sur ses parents. Pour savoir ce qu'il avait fait ces dernières semaines, s'il avait accompagné le cadet des Stadler, si vraiment il n'avait pas de nouvelles de John et Nicole. Savoir s'ils s'étaient disputés, si Rod leur avait dit qu'il les soupçonnait d'avoir tué Meg. Les parents Ricky ne devaient pas envoyer de cartes postales à Rod mais il en savait peut-être plus qu'il ne le disait sur le lieu de leur fuite. Sans compter que la maison de Preston Point Road à côté de la mienne pouvait aussi leur donner quelques indications.

La maison n'était plus ni déserte ni anonyme. Pendant quelques jours, elle l'était restée, simplement entourée de la bande de plastique fluo installée par les policiers. Cela avait éveillé la curiosité des voisins. Ensuite les médias, le *West Australian* en tête, avaient commencé à parler de l'arrestation de Rod et de la découverte du cadavre de Meg. Alors les gens étaient venus de plus en plus nombreux, surtout le soir, en groupe, comme des fourmis attirées par une tablette de chocolat en train de fondre. Quand on a su que Rod était proche du tireur qui s'était écrasé du toit du stade pendant le match, cela a évidemment redoublé. C'était d'autant plus facile que la maison était ouverte, elle donnait directement sur le terrain de sport. Sans haie pour protéger des regards. Comme celle de Clive à côté, qui était sans arrêt dérangé par les journalistes. Au début Clive les avait reçus poliment en restant toutefois très discret sur ce qu'il savait des Ricky. Il n'avait quand même pas pu s'empêcher de dire que Rod était beaucoup plus turbulent que ses parents, qu'il était souvent ivre et que le week-end il faisait des barbecues dans son garage avec des bikers et des filles pas très recommandables. C'était exactement ce qu'attendaient les reporters qui après, dans leurs articles, en rajoutaient sur le bruit et la débauche de la bande de motards qui, selon eux, escortait Rod en permanence. La seule question des journalistes était : "Pensez-vous que Rod ait assassiné la prostituée ?" Clive n'en savait rien, évidemment. Il en a eu assez et il ne leur a plus ouvert. D'ailleurs il s'absentait de plus en plus souvent, fuyait cette agitation qu'il espérait provisoire. Il sentait bien que l'affaire Ricky touchait à sa fin. Mais il était loin de se douter de son dénouement. Pour ma part, je faisais le mort, je n'ouvrais pas, sauf aux policiers.

Les flics sont revenus avec Rod fouiller la maison de Preston Point Road. Cette fois ce n'était pas à l'aube et aussitôt la foule a recommencé à s'agglutiner. Il n'y avait toujours pas d'entraînement de cricket sur le terrain qui borde la Swan River. Sans doute était-ce la même foule qu'on voyait le dimanche applaudir aux exploits des adolescents quand, avec la balle de cuir, ils faisaient tomber les fameux *wickets*, ces trois piquets de bois en équilibre derrière le batteur. C'était sans doute la même foule mais cette fois elle était tournée de l'autre côté, vers la maison. Comme si le match s'était soudain déplacé du terrain vers les coulisses. Ce qui était, en l'occurrence, le cas.

Rod est arrivé dans un fourgon, la tête cachée sous une veste en toile de jean. Ange semblait diriger la manœuvre. Patterson était là aussi.

Il y avait le désordre que Rod avait laissé derrière lui quand on l'avait emmené en prison. Les bouteilles de bière éparpillées et les restes de nourriture dans la cuisine. Il avait complètement salopé la maison et démoli la banalité des meubles, le décor. C'était maintenant un grand bordel, il ne restait rien d'intime des parents Ricky. Rod s'était employé à tout bazarder, tous les papiers, toutes les choses personnelles. Clive avait remarqué, de sa maison, que Rod s'agitait beaucoup à sortir des meubles, à ranger des sacs, à bricoler, à refaire le garage. Il l'a dit à Ange qui avait fini par venir frapper à sa porte.

Le Black lui a parlé de tout cela, de l'agitation de Rod dans la villa quand il n'était pas ivre, qu'il ne recevait pas ses potes. Il devinait que la drogue circulait aussi, à cause de l'odeur. C'est tout ça qui intéressait Ange. Quels amis ? Quels trafics ? Quels travaux ?

Dans la maison elle-même, ils ne trouvaient rien. Clive s'est aussi souvenu du garage, la dalle que Rod avait dû couler. Ange aussi avait vu le ciment frais pour ranger les motos, pour installer le barbecue et déconner avec ses copains durant les week-ends. Patterson s'est rappelé que lors de sa première visite il avait remarqué des traces de ciment sur les chaussures de Rod.

Et l'horrible doute a commencé à s'insinuer.

Rod disait que c'était pour mettre sa grosse cylindrée, pour ranger ses affaires. Qu'il voulait le faire depuis longtemps, que son père aussi voulait retaper le garage. Mais il devenait de plus en plus nerveux chaque fois que le sujet revenait dans les questions des policiers. Il prenait prétexte de la phrase d'un flic, le nom des frères Stadler prononcé par l'un d'eux par exemple, pour retomber dans son mutisme, une sorte d'aphasie. Cela ne facilitait pas la tâche des enquêteurs.

Leur quête a été plus longue cette fois, plus longue que la fouille de l'autre maison. Ils ont dû aller chercher du matériel plus puissant, un marteau-piqueur. La foule devenait turbulente et les rumeurs couraient. Il y eut un vent d'excitation et de crainte quand les journalistes ont dit que le sous-sol de la maison allait être creusé.

Que pouvaient-ils attendre tous ces badauds, tous ces voisins ? Les policiers avaient bien pris soin cette fois d'isoler la maison avec de grands panneaux ou avec leurs véhicules, la rendant invisible pendant qu'ils travaillaient. Mais la foule était toujours plus nombreuse, à la fois fébrile et grave. Plus grave en tout cas que lors des insouciantes parties de campagne du cricket dominical. Le soleil cognait comme d'habitude, le vent était tombé cet après-midi-là, figeant tout le quartier dans une attente suspecte. Autour de

Preston Point Road, ça sentait l'eucalyptus et la transpiration.

Soudain les policiers sont ressortis. Certains des badauds ont juré qu'ils avaient aperçu Rod menotté derrière les vitres grillagées du fourgon. De nouveaux flics sont arrivés en renfort pour barricader un peu plus la maison. Et puis d'autres services de police ont débarqué, les légistes, les photographes, les spécialistes de l'identité judiciaire. Les journalistes leur posaient des questions, comme ils avaient tenté d'en poser à Ange et à Patterson à travers les vitres des voitures. Mais tout le monde restait silencieux et c'était soudain comme si, dans la chaleur accablante et la netteté de ce quartier d'East Fremantle, la maison des Ricky avait cessé d'exister. Elle avait d'abord été soustraite aux regards du public. Ensuite elle avait été vidée d'une partie de son contenu et maintenant que les policiers s'en allaient un à un, toujours aussi muets, c'était comme si la maison avait été dissoute dans les effluves brûlants de la Swan River, un soir d'été.

La vérité n'a été connue que beaucoup plus tard, ce soir-là. Bien après que les gens se furent dispersés. La police avait veillé à donner ses informations suffisamment tard pour avoir encore une nuit de travail et de tranquillité. Sous la dalle de ciment frais du garage, Ange, Patterson et leurs collègues avaient trouvé les corps de John et de Nicole Ricky. Là même où, le week-end précédent, Rod, leur fils, faisait un barbecue avec ses amis entre les grosses motos et les packs de bière.

XXXII

TRACES ET EMPREINTES

La garde à vue de Rod Ricky s'est évidemment prolongée. Il a été inculpé par un juge et Ange a poursuivi plus que jamais ses investigations.

Ce qui fait que je le voyais beaucoup. Au siège de la police, mon statut avait changé. Plus personne ne faisait semblant de m'ignorer. J'étais passé d'informateur discret à témoin capital. J'ai aussi rencontré Patterson, un gars sympa, *a good bloke*, comme ils disent ici à propos d'un type honnête et droit. Ses cheveux roux, sa puissance de travail, sa curiosité et sa vivacité d'esprit m'ont séduit. En tout bien tout honneur évidemment.

J'entrais et je sortais quand je voulais du bureau d'Ange et il me tenait au courant de tous les développements de l'enquête. Son attitude envers moi n'était plus la même. Auparavant je savais qu'il me faisait confiance et me gardait son amitié. Mais parfois il ne m'écoutait pas ou distraitement. J'avais même l'impression qu'il ne me prenait pas toujours au sérieux, qu'il se moquait de mes toquades. C'est dans ces moments-là qu'il faisait allusion à mes tentatives d'écriture.

Maintenant, j'avais même l'impression qu'il attendait mes visites. Il me téléphonait quatre fois par jour et me posait sans arrêt des questions dont il écoutait les réponses. Dans ses yeux, une complicité, une tendresse. Du coup, la fin de cet été de violences est devenue pour moi l'un des meilleurs moments passés depuis mon installation à Perth. C'était quand déjà ? Des mois, des années, j'en avais perdu jusqu'au souvenir…

La question que tout le monde se posait ici était de savoir si cette violence était bien terminée. L'arrestation de Lee Stadler et de Rod, la mort de Kevin, l'emprisonnement du premier et d'un autre de ses collègues, tout cela donnait un espoir. Le gang était décapité, c'est sûr, mais les gens responsables se doutaient que les bikers étaient loin d'avoir perdu la partie. De telles organisations ne dépendent pas de deux ou trois leaders même si les médias voulaient le faire croire. Chaque jour, aux infos, les journalistes se félicitaient qu'il n'y ait plus aucun incident depuis la chute de Kevin du toit du stade. C'était très réducteur, juste la méthode Coué. Tout le monde avait eu tellement peur ces dernières semaines que les journalistes en rajoutaient pour rassurer l'opinion publique. Oui, disaient-ils, les Stadler étaient bien les chefs de l'organisation. Oui, Rod Ricky avait tué ses parents et ils laissaient entendre qu'il avait dû commettre d'autres crimes. Oui, l'éruption de violence des motards n'était qu'une petite poussée éphémère sans rapport avec la situation paradisiaque de Perth et de ses environs.

Foutaises. Personne ne voulait voir que le boom minier dû à l'augmentation vertigineuse de la demande sur les marchés mondiaux entraînait une frénésie commerciale, financière et immobilière qui était en train de rompre tous les équilibres de cette province traditionnellement civilisée et endormie. De faire perdre à tous et à chacun ses repères et surtout d'alimenter les convoitises. Les bikers avaient été les premiers à subodorer la bonne affaire, au mépris des lois sinon celle du plus fort. Frapper d'abord, négocier ensuite. Et se partager les bénéfices. Personne ne voulait voir que, lorsque les motards se seraient mis en sommeil – provisoirement de toute façon –, d'autres prédateurs se chargeraient de prendre le relais pour bouffer la plus grande part du gâteau.

J'appelais cela la course à la pavlova, du nom de cette pâtisserie si bourrative et tellement australienne. C'était mon analyse et je la communiquais à Ange lorsque, en fin de soirée, nous passions des heures interminables à tenter de comprendre la situation. Parfois il me donnait raison, parfois non.

De temps en temps, il ne restait pas, prétextant une nécessité urgente d'aller interroger Clive, autre témoin capital qu'il avait connu au moment de l'arrestation de Rod. Ange disait qu'il devait approfondir avec lui quelques observations capitales faites la veille. Quelques détails qu'il lui avait donnés auparavant. Curieusement, j'en étais jaloux. De qui ? C'est toute la question. Je croyais avoir évacué depuis Noël mes convoitises sur le corps du beau Black. Et objectivement Ange et Clive avaient toutes les raisons du monde de se plaire. Plus proches en âge, plus jeunes, je me doutais qu'ils passaient la soirée ensemble et ça m'enrageait d'autant plus que je me retrouvais seul, ces soirs-là, avec mon excitation – tout intellectuelle – sur les avancées de l'enquête.

Pourtant, hormis la nature exacte de ses relations avec Clive, Ange restait d'une loyauté totale envers moi. Au fur et à mesure, il me disait tout ce qu'ils apprenaient du côté d'Adélaïde Terrace, au siège de la police.

Mais pour l'instant ils en apprenaient peu. Rod était un bloc de mutisme. Lorsqu'il lâchait quelque chose, c'était pour accuser Kevin de tous les maux. Cela ne l'a pas pris tout de suite, on sentait qu'il avait eu une vraie amitié pour le biker fou, tissée au long des bagarres, des raids, des virées à moto et des beuveries. Mais lorsqu'il s'est senti acculé – en réalité il l'a compris dès le lendemain de la découverte des corps – il a lâché les chevaux. Par bribes et avec une seule idée en tête : faire porter le chapeau à Kevin. Il disait que c'était son copain qui avait tué John et Nicole, qu'il n'y était pour rien.

— Quand ? lui a demandé Ange.

— A Noël.

— Si vous savez quand, ça veut dire que vous étiez là…

— Non, j'ai compris après.

— Vous l'avez aidé à enterrer les corps ?

— Non, j'y suis pour rien

De plus en plus incohérent. Carrément maladroit, d'autant que les charges s'accumulaient. Le jour où il a fait ces demi-aveux, j'étais dans le bureau d'Ange qui me racontait. Il était déjà tard, le soleil se couchait derrière la colline de King's Park et l'immeuble du quartier général de la police vibrait encore d'une activité méthodique. Quelqu'un a frappé à la porte, c'était un type du labo. Il a tendu un papier au *police officer* Cattrioni.

— Regardez, je crois que ça va vous intéresser.

Ange a lu longuement. Son visage ne trahissait rien hormis un léger mouvement des lèvres. Ce n'était pas la lecture à voix basse mais une satisfaction. Une sorte de gourmandise sur ses lèvres charnues, sensuelles, comme son poil noir, ses rondeurs et son regard bleu. Le type du labo était déjà reparti. Finalement Ange a levé les yeux vers moi.

— Devine.

— Quoi ?

— Les empreintes, les traces sur les corps des Ricky.

— Kevin Stadler ?

— Pas seulement. Kevin mais aussi Rod. Il y a bien des traces de sang et d'ongles provenant des deux ADN sur les vêtements des parents Ricky. Bien sûr Rod aurait pu les laisser avant, ne pas avoir participé au meurtre, ne pas avoir porté lui-même les coups avec la batte de cricket mais il a au moins aidé à les enterrer. C'est aussi atroce.

— Avec quoi ont-ils été tués ?

— John avec cette batte de cricket, Nicole étranglée. Cela s'est passé vers Noël en effet quand il n'y avait personne dans le quartier. Personne n'a rien entendu, personne n'a rien vu.

— Quelles empreintes sur la batte ?

— Les empreintes les plus fraîches, ce sont celles de Kevin.

Il paraît que Lee est devenu fou au fond de sa cellule lorsque Ange, escorté de Patterson et du juge, est allé lui apporter les preuves des frasques de son frère dès le lendemain. Le fusil à lunette dans le stade, la tentative de descendre un joueur de l'équipe nationale, le double meurtre de Noël, tout cela Lee n'avait pas su l'empêcher. Il ne voulait plus rien dire mais tout le monde comprenait qu'il était très lié à son frangin. Il aurait sûrement voulu arrêter toute cette violence inutile, tout ce gâchis. Ne serait-ce que pour ne pas troubler son business. Il n'avait pas pu. Même lorsque Lee n'était pas encore en prison, à Noël, son frère avait échappé à son contrôle. Et il n'avait rien pu faire.

Le lendemain, après cette petite séquence prison, j'étais encore dans le bureau et Ange me narrait tout par le menu. Il avait un vrai talent pour cela, pour expliquer tout ce qu'il avait pu lire sur le visage du gangster-chef. L'étonnement, la colère, la peur même et peut-être la honte. A la fin il m'a dit :

— Hier soir j'ai eu d'autres résultats d'analyse, après que tu es parti, les empreintes sur des balles de cricket.

Lorsque la police avait mené ses investigations, la découverte macabre des deux corps avait tellement bouleversé tout le monde, la maison était tellement sens dessus dessous à cause de l'intervention des marteaux-piqueurs, que tout avait été ramassé très vite, sans trop réfléchir. C'est plus tard, au labo, que l'un des scientifiques avait été étonné du poids de l'une des balles de cricket. Il l'avait laissée tomber par terre, exactement comme l'avait fait un autre spécialiste après l'assassinat du jeune joueur, avant Noël, lors de ce meurtre qui avait tant participé à la psychose générale. Bref c'était une autre balle en bois, une autre contrefaçon. Ces fausses balles de cricket sont en réalité des objets de décoration qu'on trouve dans le commerce. Après vérification, dans les procès-verbaux, ils ont compris que la balle avait été planquée dans un placard au milieu d'autres affaires de sport.

— Et tu sais quelles empreintes on a trouvées dessus ?

— Non, mais tu vas me le dire.

— Celles de Rod, cette fois.

Cela ne nous procurait aucune satisfaction mais c'était tout de même l'explication logique de ce meurtre mystérieux. Nous nous sommes souvenus et nous avons reconstitué. C'était le jour où John Ricky avait été transporté à l'hôpital. J'étais bien placé pour m'en souvenir, j'y étais. Il paraît qu'il s'était disputé avec son fils, c'est ce que m'avait dit Nicole. Sans doute Rod les harcelait-il tous les deux à cause de la disparition de Meg, la grosse prostituée, des années plus tôt. John avait eu un malaise et Rod était allé passer ses nerfs en lançant une fausse balle de cricket contre un gamin dont le seul tort avait été de se trouver sur son chemin ce jour-là.

C'est peut-être à ce moment-là que la dérive meurtrière de Rod s'était concrétisée pour la première fois. Mais il avait été à bonne école puisque, jusqu'à preuve du contraire, son père avait tué la grosse Meg, son amie.

XXXIII

L'ESTOCADE

Au début, cela s'est déroulé comme à Rockingham quelques semaines plus tôt. Après cela a ressemblé au raid contre les gays sur le parking de la plage de Swanbourne. En revanche, la fin ne pouvait rappeler rien de connu. De mémoire d'habitant de Perth, de la Western Australia et peut-être même de toute l'Australie, il ne s'était jamais rien passé de tel.

Ange m'avait dit que, selon leurs informations, cela allait avoir lieu à King's Park, le grand espace vert qui surplombe la City de Perth, de l'autre côté de l'enchevêtrement d'autoroutes. Un lieu de promenade, un promontoire impeccable en face de la *skyline* de buildings. S'y ajoute une certaine solennité du lieu à cause des monuments aux morts de toutes les guerres et de la grande allée d'eucalyptus multicentenaires aux troncs blancs et lisses qui y mène. C'est aussi là que les foules s'amassent et piqueniquent pour l'Australia Day. Parfait pour voir le feu d'artifice. Normalement c'est très tranquille. Normalement.

La rumeur disait que ce serait dimanche après-midi. Que les bikers allaient parader une nouvelle fois. Etait-ce pour montrer, après les événements, un visage tranquille et folklorique au bon peuple ? Etait-ce pour terrifier de nouveau tout le monde et laisser entendre que la guerre continuait ? La police était sur les dents, Ange n'avait pas dû beaucoup dormir. Quand il m'a appelé le matin pour me dire de venir, il a seulement ajouté :

— Je crois qu'ils ont fait une grosse erreur.

— C'est-à-dire ?

— Viens, tu verras. L'erreur que j'attendais…

Il avait l'air excité comme un jeu électronique à cause des cappuccinos qu'il avait dû s'enfiler pour rester éveillé. Car Ange n'avait pas à gérer la seule préparation de cette nouvelle démonstration des motards. Il avait aussi l'interrogatoire de Rod à poursuivre même si le fils Ricky ne voulait plus rien dire. Celui de Lee qui était aussi muet, mais Ange ne le lâchait pas. Il y avait encore les journalistes, les interviews télé, la pression de l'opinion publique et les liaisons fréquentes avec les autorités de Canberra qui, de plus en plus inquiètes, se demandaient s'il ne fallait pas faire donner la troupe. La police fédérale avait le cul entre deux fauteuils et ne bougeait pas pour l'instant. Le *police officer* Cattrioni avait repris du poil de la bête et les choses en main. C'était tout cela son excitation mais surtout, je l'avais senti, la volonté d'en finir avant qu'on ne lui mette encore des clous dans les pneus.

Moi, j'avais pris mon temps comme d'habitude. J'étais allé me bronzer deux heures sur la plage, me baigner longuement et j'avais mis un soin particulier à m'habiller. Me doutant que ça allait être chaud, j'avais enfilé un treillis léger et renoncé à mon couvre-chef rouge. Tant pis pour mon éternelle superstition.

Et je me suis mêlé aux promeneurs du dimanche. Je rôdais depuis des plombes et je regardais les festivités d'un mariage. La moitié des invités était asiatique l'autre irlandaise autant que je pouvais en juger par les cheveux roux. Le couple faisait des photos devant une longue limousine blanche, verre de champagne à la main. De temps en temps les quatre garçons d'honneur en costume sombre identique et les quatre demoiselles d'honneur en robe longue de mousseline de soie rouge se joignaient aux mariés avec en arrière-plan la mer scintillante et les gratte-ciels de verre et d'acier. La photo de mariage est en passe de devenir une institution australienne, une icône du troisième millénaire. Parfois la noce prend les clichés sur une plage ou une jetée sur fond de *kitesurfs* ou de villas nouveau riche. Mais le rituel est toujours respecté pour meubler les longues heures de cette journée inoubliable.

J'avais vu ainsi défiler une dizaine de mariages qui se disputaient les meilleurs points de vue en robe à paillettes et rires alcoolisés des garçons célibataires lorsque les bikers ont fait leur entrée. Je connaissais maintenant le début du scénario par cœur. La noce a interrompu la séance malgré les supplications du photographe en cravate noire. Tous les touristes ont commencé à tourner la tête et à s'intéresser à leur démonstration.

Cela ressemblait au défilé de Rockingham mais ce n'était pas tout à fait le même tempo. Les moteurs ronflaient, pétaradaient avec une arrogance identique.

Les blousons étaient aussi astiqués que les chromes et les piercings brillaient sous le soleil. Cela sentait toujours la transpiration et l'huile de vidange. En réalité, c'étaient sans doute les mêmes motos et les mêmes types. Des Honda et des Yamaha en grand nombre, des Harley pour les plus fortunés ou les plus fanas. Des objets de collection et des japonaises ultra-puissantes. Et des Triumph aussi, je commençais à devenir expert. Les mêmes casques noirs mais plus têtus, regards fixes vers l'avant, c'est tout ce qu'on pouvait voir de leur visage hormis les barbes et les moustaches qui frisaient dans le vent de la course. Mais une nervosité plus grande, une volonté plus nette de poursuivre un objectif, pas seulement de parader.

Les mariages l'ont compris et se sont repliés sagement dans les limousines laissant à peine les photographes ranger leur matériel dans le coffre arrière. Les longues voitures blanches ont tenté de se frayer un passage vers la sortie du parc en remontant à contre-courant le flot des motos. Les touristes et les badauds regardaient fascinés ce défilé de bruit, de puissance et d'agressivité. Cette fois il n'y avait aucune fille sur les sièges arrière des motos. Les mecs partaient au combat. Mais contre qui ?

Dans un premier temps, ils sont restés sur la chaussée, sur la route qui tourne dans le parc entre les espèces rares du jardin botanique et les stèles des monuments aux morts. Ils devaient être un peu surpris car cette fois, au point central du parc, juste en face de la City, on ne voyait aucune force de police. Certains promeneurs commençaient à garer les enfants dans les voitures et à suivre les limousines de cérémonie. Mais c'était difficile parce qu'il n'y a qu'un seul chemin vers la sortie du parc. Il y eut ainsi un moment de flottement où les guerriers casqués chevauchant leurs engins de fureur et les promeneurs tranquilles se sont observés. L'attente, la curiosité, l'indécision. Il y avait de moins en moins de gens en balade et les bikers ont dû se dire que pour que leur démonstration soit réussie ils devaient avoir quelques témoins.

Alors les motos ont sauté les trottoirs. Elles ont rugi, non plus sur la route mais dans les petits chemins entre les terrasses des cafés et les eucalyptus majestueux. Elles ont filé dans un désordre assourdissant sur les marches des mausolées, sur les dalles gravées et sur les pelouses immaculées. Elles accéléraient en arrachant l'herbe et tournaient en laissant des traces de dérapage sur les chemins piétonniers. Elles fonçaient sur les rares passants qui n'avaient pas pensé à s'abriter de leur colère. La panique a gagné les badauds retardataires. Quand ils sont montés dans leurs voitures, les motards arrachaient déjà les rétroviseurs en roulant trop près et rayaient les carrosseries, ajoutant des cliquètements de ferraille au vacarme ambiant et des chocs sourds lorsqu'ils renversaient un arbre en pot ou des tables de bistrot.

C'est à ce moment-là que la police est sortie du bois. Au sens propre car les flics ont surgi de partout comme s'ils n'attendaient que cela, comme s'ils étaient cachés là depuis des heures. Ce qui devait être exactement le cas.

J'étais planqué derrière un obélisque et protégé, dans mon dos, par la flamme du soldat inconnu à laquelle ils n'avaient pas encore osé s'attaquer. Je voyais tout en tentant de me faire aussi petit que possible. King's Park est un vrai parc australien. Il y a certes les parties ordonnées, luxuriantes, avec des espaces tirés au cordeau et des milliers de plantes tropicales. Mais les deux tiers de l'enceinte sont restés à l'état brut. Un grand bush en pleine ville sur des dizaines d'hectares où l'on peut se perdre mille fois, où l'on retrouve même des cadavres. Un pharmacien avait assassiné son épouse en octobre dernier et brûlé son corps au fin fond du parc. On ne l'a retrouvée que la semaine suivante.

C'est de cet espace immense et sauvage que les flics ont donc surgi. C'est là qu'ils se cachaient. J'ai pensé que la démonstration des bikers n'avait pas été aussi bien préparée que les précédentes car ils ont semblé pris de court. La police a agi avec une efficacité organisée. Lorsque leurs 4X4 et leurs voitures banalisées ont surgi des bois, les policiers ont aussitôt déblayé et occupé le point central où était rassemblée la majorité des familles, des curieux et des promeneurs bloqués. Dans un premier temps ils se sont appliqués à repousser la meute vers les bords du jardin botanique. Ils ont dirigé les derniers spectateurs vers la porte centrale, tous ceux qui n'avaient pas pu encore s'échapper.

J'ai commencé à prendre des photos avec mon téléphone portable. Je me disais que, même floues, elles pourraient servir à témoigner. Que mon copain Dick Cheney du *West Australian* serait sûrement ravi de les publier. Il n'y avait aucun journaliste présent et les quelques rares touristes promeneurs qui avaient aussi commencé à photographier avaient maintenant décampé. Je n'ai pu en prendre qu'une dizaine tout au plus avant qu'un motard, surgi de nulle part, en tout cas de derrière moi en roulant forcément sur la grande vasque qui entoure la flamme du souvenir, m'arrache l'appareil. Sans oublier de me balancer un grand coup de botte dans les chevilles qui m'a étendu d'un coup d'un seul. Je me suis relevé et je me suis dissimulé sous le cénotaphe. Je tenais absolument à voir ce qui allait maintenant se passer.

Alors les premiers coups de feu ont éclaté. Cette fois, c'est la police qui a été surprise. Elle ne s'attendait pas que les motards aient des armes ou elle ne pensait pas qu'ils en feraient usage tout de suite alors que les derniers promeneurs du dimanche n'avaient pas encore été évacués. Heureusement il n'y eut pas de victimes parmi eux. Alors c'est une véritable bataille rangée qui a commencé. Alors c'est là que j'ai compris quelle était l'erreur des bikers et pourquoi Ange s'en était réjoui.

Mais, pour l'heure, je pensais surtout à m'abriter. Le caveau qui, jusque-là, m'avait servi de retraite, n'était plus assez protégé pour que j'y reste. J'ai foncé devant moi vers le bâtiment des cafés et des magasins de souvenirs maintenant déserts. Certains avaient pu ranger à temps leur matériel et s'étaient barricadés. Mais des corbeilles entières de bimbeloterie jonchaient le sol, des panneaux étaient éparpillés sur la pelouse et les lampadaires gisaient au milieu de la bataille, blessés à mort.

Sous la lumière éblouissante du soleil déclinant, les forces en présence se sont mises en place. J'ai saisi tout de suite que, contrairement aux motards, la police avait bien coordonné son affaire. Après avoir évacué les flâneurs et les curieux, les voitures et les 4X4 de la police ont manœuvré de telle manière que les motos se sont retrouvées coincées au centre. Et c'est à ce moment-là que les bikers se sont mis à tirer. En traversant l'espace vers les boutiques j'ai senti les balles qui sifflaient autour de moi. Ils voulaient sortir à tout prix de ce traquenard et se frayaient un chemin à coups de revolver. J'ai même vu l'impact, sur la carrosserie d'un 4X4, quand une balle a ricoché dessus. J'ai alors dû me cacher vraiment et je n'ai pas pu tout suivre. Mais je venais de comprendre l'essentiel en regardant au bout de la grande allée d'eucalyptus, vers l'entrée du parc où d'autres forces de police étaient massées, bloquant toute sortie de ce côté. C'était l'erreur des bikers. Il n'y avait qu'une autre sortie et j'étais bien sûr que les flics l'avaient aussi obstruée. Les motards étaient pris au piège dans cet espace immense, délimité d'un côté par la falaise et de l'autre par des murs et des grilles. Ange était en train de réussir son coup.

Sauf qu'il n'était pas là, enfin c'est ce qu'il m'a affirmé plus tard. Je suis pourtant presque sûr d'avoir aperçu sa silhouette brune à l'arrière d'un 4X4, une vision fugitive. Il m'a dit qu'il dirigeait la manœuvre de l'extérieur et qu'il n'avait pas souhaité que ses collègues répliquent avec autant de violence. Pour une fois, je ne le crus pas. Ni sur son absence, ni sur les directives qu'il a données ce jour-là. Au fond tous les flics de Western Australia cherchaient l'affrontement avec les motards. C'était le jour et ils s'y étaient mieux préparés que leurs adversaires. Ange n'aime pas la violence pour la violence mais il avait été bouleversé par l'attentat contre Don, son chef. Même s'il ne me l'a jamais avoué par la suite, il brûlait, comme tous ses collègues, de le venger. Alors ce fut l'hallali.

Lorsque les motards ont commencé à tirer, les flics ont aussitôt répliqué. Certes ils ont réussi à franchir le barrage, enfin pas tous, mais l'échange de coups de feu a déjà fait quelques victimes. Par la vitre cassée du magasin, j'ai ainsi vu deux motos se crasher à quelques mètres seulement de moi.

La première, une Honda jaune avec une tête de mort rieuse dessinée sur le réservoir, est partie en zigzag sur une trentaine de mètres après que son pilote se fut affaissé brusquement sur son guidon sans doute fauché par une balle. Il a fini sa course comme il l'avait commencée, à cheval sur son engin et couchés tous les deux sur le sol. Il ne bougeait plus, la Honda non plus. Son casque noir est tombé. Son crâne était complètement rasé. Il était glabre, il arborait plusieurs cicatrices au visage et une demi-douzaine de petits piercings à l'oreille droite. Tee-shirt noir, blouson noir sans insigne et tout le reste pareil. Le sang qui coulait de l'arrière de son crâne et de son épaule n'en dessinait que plus nettement les traces de son erreur.

L'autre, une Harley blanche et noire avec un guidon et une fourche surdimensionnés, a cogné un trottoir dans l'affolement et son conducteur a chuté lourdement sur l'asphalte. Il a fini sa course tout près du bâtiment où je m'abritais. Il n'avait pas perdu son casque et je pouvais voir distinctement son visage. Les beaux traits virils d'un mec de quarante ans avec un anneau dans le nez et des moustaches rousses qui retombaient en bacchantes de part et d'autre de sa bouche entrouverte. Il semblait dormir. La Harley ne s'était pas complètement renversée, elle fumait encore et on aurait dit qu'elle le veillait. Son gilet s'était ouvert. Et sur son tee-shirt blanc maculé d'huile de moteur, j'ai distingué cette inscription "Plus j'apprends des femmes, plus j'aime ma moto". L'un et l'autre sont restés au sol pendant que la fusillade s'amplifiait encore. J'étais bien incapable de leur porter secours, ça tirait de partout.

Il y avait la violence générale mais surtout la détermination de la police. Si j'en jugeais par le motard de la Honda jaune, les flics avaient décidé de riposter sans prendre de précautions. Ils ne tiraient pas seulement dans les pneus, c'était une véritable offensive.

J'ai passé de longues minutes, une heure peut-être, enfermé dans mon cagibi, sans aucune envie, ni surtout aucune possibilité d'en sortir. D'autres motos se sont aussi cassé la gueule mais j'ai vu leurs propriétaires foncer vers les buissons du bush et tenter d'échapper à la chasse. Car c'était bien d'une chasse et même d'une curée qu'il s'agissait. Totalement pris de court, les bikers n'en étaient plus à faire une démonstration de puissance mais à sauver simplement leur peau. Entreprise difficile alors qu'ils se trouvaient coincés dans une immense nasse. Leur seule possibilité pour s'abriter de la vengeance des flics était de se perdre dans la végétation exubérante du parc sauvage.

Du côté des monuments aux soldats des dernières guerres mondiales, ça s'est un peu calmé au bout d'un moment. J'ai perdu la notion du temps dans les rugissements des moteurs affolés et les rafales d'armes automatiques, dans les odeurs d'essence et de caoutchouc brûlé. Il y avait des pneus qui éclataient, des phares qui explosaient, laissant des bouts de verre sur la chaussée, des flaques d'huile qui s'agrandissaient, des accélérations désespérées, la fumée des échappements qui enveloppait le tout et des motos qui s'effondraient. Les policiers ne quittaient pas leurs voitures dont certains pare-brise avaient déjà explosé. Ils sortaient juste leurs bras armés par les portières et faisaient feu sur les engins rugissants qui tentaient de s'enfuir dans la forêt en slalomant entre les corps étendus, les éclats de verre et les machines encore fumantes.

Un gros barbu bedonnant aux cheveux ébouriffés courait en canard en hurlant. Les bourrelets de son ventre ballottaient sous son tee-shirt rouge. Le blouson des Rebel's maintenait le tout au-dessus de la ceinture. Il était tombé et avait abandonné sa moto, une vieille Yamaha noire, répandue en vrac sur la chaussée, pleurant son essence et son huile chaude. Il était ralenti par ses grosses bottes et, avant d'atteindre la lisière du bois, il s'est retourné dans un mouvement désespéré pour mesurer s'il avait encore une toute petite chance d'arriver au couvert sain et sauf. Il a tout compris lorsqu'une balle l'a atteint aux jambes. Il s'est effondré juste avant un buisson. J'ai vu ses yeux exorbités et son souffle qu'il ne parvenait pas à reprendre.

Le réservoir a explosé et la Yamaha noire a pris feu quand les journalistes ont commencé à arriver mais la police ne les a pas laissés franchir la grande grille d'entrée du parc. Ils n'ont pu filmer que de loin. Ce n'est que plusieurs heures après le déclenchement des hostilités que les ambulances ont pu s'approcher. Elles ont emmené un policier et plusieurs motards, même si pour certains il n'y avait d'évidence plus rien à tenter.

Car le bilan a été très lourd dès la première journée. Je l'ai su plus tard, en rentrant chez moi, assourdi et assommé par toute cette rage et cette cruauté. C'est ce qu'ils disaient au journal télévisé alors que je tentais de retrouver mon calme, effondré devant la télé. La nuit était déjà tombée et la guerre continuait.

Au bout de plusieurs heures j'étais en effet parvenu à quitter ma cachette. Le soleil disparaissait déjà derrière les *gum trees* immenses et éclairait encore de biais les buildings de la City, qui scintillaient plus que jamais, dans leur souveraine indifférence. Le business pourrait continuer dès demain lundi. Les échanges de tirs avaient cessé depuis une heure au moins et les policiers patrouillaient maintenant dans le bush. Avec de puissants haut-parleurs, ils appelaient les bikers à se rendre mais ce premier soir ils n'ont pu en arrêter qu'une poignée. Les autres allaient passer la nuit entre les *black boys* piquants, les araignées, les buissons touffus et les serpents.

J'ai émergé de mon abri et j'ai foncé sur la première voiture de police. J'ai reconnu deux gars du groupe d'Ange qui savaient très bien qui j'étais mais qui ont eu l'air ahuri en me voyant surgir. Ils m'ont conduit à une ambulance. Elle transportait un policier qui saignait abondamment du visage et un motard décédé.

Cinq morts et vingt-cinq blessés. Tel était le bilan que les journalistes donnaient déjà aux infos alors que je venais de prendre une douche et que, incapable de rien avaler, avachi sur mon canapé, nu comme un ver dans la chaleur d'un dimanche soir d'été, je buvais des boissons gazeuses américaines pour tenter de sortir de mon hébétement.

Mais ce n'était qu'un bilan provisoire car la police ne comptait pas s'arrêter en si bon chemin. Une bonne partie de la meute des Rebel's Tattoos, ce gang prêt à tout, était encore cachée dans la forêt urbaine.

Le siège a duré trois jours. Les flics ne cédaient sur rien et sillonnaient sans arrêt les allées du parc jusque dans ses recoins les plus profonds. Le deuxième jour ils en ont arrêté encore une vingtaine mais il n'y a eu qu'une maigre fusillade et aucune nouvelle victime à déplorer. Enfin le mercredi matin, ils se sont tous rendus. Mais il a fallu encore toute la fin de la semaine pour nettoyer la route et les allées, pour remettre en état les bâtiments et les jardins et pour vérifier que le parc pouvait être rendu à sa destination originelle de promenade.

En fait, dès le lundi, les bikers avaient épuisé leurs munitions mais ils ont dû penser que la police allait se lasser. D'autant que l'opinion publique était en train de basculer. Cette chasse à l'homme dans les bois devenait indécente. Et les motards, quels que fussent les mauvais souvenirs qu'ils avaient laissés tout au long de cet été, quelle que fût l'image déplorable que donnaient d'eux ceux qui étaient arrêtés – hirsutes, sales, tatoués et la moustache plus agressive que jamais –, les motards commençaient, au bout de deux jours de poursuite infernale, à passer pour des victimes.

Le mercredi matin la Western Australia pouvait enfin respirer et le gouvernement de Canberra se féliciter de l'issue du combat. Tous les fauteurs de troubles étaient sous les verrous, le gang maudit était enfin démantelé.

A quel prix ? C'est la question que je brûlais de poser à Ange. Mais je reconnais que par amitié – timidité ou couardise plutôt ? – je n'ai jamais osé la formuler ainsi par la suite.

XXXIV

DES AVEUX BIEN TIMIDES

La police et les juges ont eu beaucoup de travail mais cette fois Ange a délégué. Il a même laissé l'enquête aux flics fédéraux. Sans regret. Il a obtenu qu'on lui communique immédiatement tous les résultats.

Le gang démantelé, l'affaire des bikers a vite été démêlée même si on ne saura jamais très bien qui est responsable de quoi. Ils sont organisés de telle sorte qu'il est impossible, de façon formelle, de remonter aux vrais chefs comme me l'avait expliqué Ange. Pour les questions importantes, ils ont installé une succession de compartiments étanches. Et, bien sûr, les dirigeants de cette mafia nient avec la plus grande véhémence être impliqués en quoi que ce soit dans la mort des joueurs de cricket et dans la tentative de Kevin Stadler de tuer un joueur au stade. Ils ont assez d'expérience et de cynisme pour être rôdés à ce petit jeu-là, ils règlent leurs comptes entre eux. Et c'est pourquoi, même s'il avait réussi à abattre un joueur, Kevin aurait eu peu de chances de s'en sortir vivant.

Cette fois le gang n'aurait pas laissé Lee le protéger. Comme les seconds couteaux ont fini par parler, on a su que Lee avait toujours défendu son frère contre l'avis général mais que ces derniers temps c'était difficile, le cadet était trop indépendant. Comme si Kevin, par ses actions d'éclat irréfléchies, était devenu volontairement incontrôlable.

Depuis des années, Lee avait toujours tenu son frangin sous son aile mais depuis Noël et même un peu avant il n'en avait plus été capable. Encore moins quand il avait été mis derrière les barreaux. Secrètement, beaucoup de membres des Rebel's Tattoos semblaient maintenant se réjouir de la fin du petit frère aux yeux fous. *Business is business.*

Alors, il est possible que le gang ne soit pour rien dans les meurtres des cricketers. Qu'ils aient simplement saisi la balle au bond. Le premier décès suspect, celui de Jim Carlson, restera toujours mystérieux. Ils l'ont peut-être commis, peut-être pas. Cela leur a peut-être simplement donné l'idée, en le faisant croire, de semer la panique sur ce thème-là et de se contenter des menaces. Puis d'être ensuite débordés par des électrons libres comme Kevin.

De toute façon, peu importe, les charges sont suffisamment lourdes pour que beaucoup d'entre eux, Lee Stadler en tête, croupissent en prison de longues années. Aucune preuve n'a encore pu être apportée pour l'assassinat de Don mais cela ne saurait tarder. L'étau se resserre de jour en jour. Ils sont déjà inculpés pour les violences, l'usage d'armes, les dégradations, les tirs contre la police, le saccage des magasins asiatiques et même le rodéo sur le parking de la plage de Swanbourne. Des motards ont reconnu y avoir participé cette nuit-là, ils affirment que c'est Kevin qui menait le groupe. Quand je pense qu'il s'attaquait ainsi aux gays alors que, lui, dans le sauna... Sans compter que certains sont soupçonnés de non-dénonciation de crime et peut-être même de complicité dans l'assassinat des parents Ricky et même dans la disparition des parents Stadler. Et aussi maintenant dans la mort suspecte de plusieurs bikers. Car les enquêteurs accumulent les preuves après que, au nord de Perth, les corps enterrés de deux d'entre eux, disparus depuis l'année dernière, ont été retrouvés. Chez eux la justice est expéditive.

Mais si tout cela s'éclaircit peu à peu, en revanche le cas Ricky, que ce soit à Gingin ou à Fremantle, reste flou. Clive est parti et il est probable que je ne le reverrai jamais. Aussitôt après la découverte des cadavres à côté de chez lui, avant même la chasse à l'homme dans King's Park, mon ami black a filé pour se changer les idées dans le Sud, à Margaret River et Albany. Et puis brusquement, il a décidé d'aller s'installer à Sydney. Je crois qu'il y a trouvé une proposition de job. Mais comme il a été très peu disert là-dessus les rares fois où nous nous sommes reparlé, je soupçonne plutôt une histoire amoureuse. J'attends toujours de ses nouvelles alors qu'on n'en sait pas beaucoup plus depuis la découverte des corps. Car c'est bien le propre de cette histoire, maintenant que, quelques semaines plus tard, je me sens de nouveau capable d'y réfléchir : elle reste opaque, elle n'a pas livré tous ses secrets.

Alors j'en parle avec Ange de temps en temps. Avec toujours autant de tendresse pour ses yeux bleus, son poil sombre et ses épaules râblées. Golf compris car nous avons joué quelques parties fameuses à Wembley, à Kwinana ou même à Joondalup, un parcours de classe mondiale. Parfois aussi avec Dick Cheney, le journaliste qu'Ange acceptait de voir à nouveau et à qui il donnait des tuyaux. Et presque toujours nous parlions de l'affaire, nous supputions sans jamais trouver de vérité solide.

La théorie de Dick Cheney, lui dont la famille a vécu sur cette terre depuis plus de trois générations, ce qui est assez rare, c'est que seule l'Australie pouvait produire une telle histoire. Je le soupçonne d'être un peu chauvin mais ce n'est pas faux. Dans un autre pays, on aurait retrouvé des amis, des traces. L'affaire Ricky, entre déplacements permanents tout au long de leur vie et retrait volontaire du monde, entre boulots de courte durée et discrétion anglo-saxonne, reste parfaitement insaisissable. Pas de témoins, pas d'archives non plus ou si peu, pas de relations intimes. Les enquêteurs avaient par exemple la certitude qu'à un moment ou à un autre Rod avait fait partie des bikers. D'ailleurs lui-même avait fini par en convenir du bout des lèvres. Il pouvait difficilement le nier puisque certains d'entre eux étaient venus avec lui à Gingin terroriser le village. Mais ceux qu'on a interrogés ont affirmé que ce n'était pas spécialement pour lui, que c'était aussi pour une histoire de dettes non réglées par des fermiers et de bars qui leur étaient interdits dans la région. Et cela n'apportait quasiment rien à l'enquête. Les bikers refusaient de se souvenir de lui. D'ailleurs Rod était peut-être trop transparent pour s'être fait remarquer. Peut-être, et c'est le plus probable, qu'il les fréquentait sans appartenir à leurs gangs. Les gangs, c'est le noyau dur.

Autour il y a le folklore. Rod faisait sans doute partie du folklore.

Dans cette affaire, tout est de la même eau. A commencer par le personnage de Meg, cette grosse blonde qui agaçait les hommes avec sa féminité, tellement caricaturale que cela aurait pu être drôle dans d'autres circonstances. Pourtant, même après la découverte de son cadavre, personne n'a demandé quoi que ce soit sur elle. Ni famille, ni amis, ni confidente, ni clients. Rien. Si bien que son image finit par s'estomper doucement. Comme elle avait fini par s'effacer dans le souvenir des habitants de Gingin. Non par peur ni par mauvaise volonté mais par oubli, tout simplement. Par absence d'intérêt. Le bonheur australien repose en grande partie sur l'oubli des horreurs du passé. Le bonheur des autres pays aussi sans doute mais cela est une autre histoire.

Quand j'ai su que les policiers avaient fait des tests ADN de toute la famille et même de Meg, je me suis demandé à quoi cela pouvait bien servir. Aucune de leurs caractéristiques ne s'est retrouvée dans un ADN connu, celui d'un malfaiteur répertorié par exemple. Il fallait s'y attendre. En revanche, ils ont eu une surprise puisqu'ils se sont aperçus que John n'était pas le père biologique de Rod.

Rod n'a pas réagi lorsqu'on le lui a confirmé. Il semblait ne pas comprendre mais je crois surtout que ça n'avait pas d'importance pour lui. Il n'est pas très intelligent et il ne saisit pas toujours, dans un premier temps en tout cas, ce que les enquêteurs lui disent. Après on ne sait jamais s'il ment ou s'il dit la vérité. Avec lui tout devient confus et le manque d'alcool le rend parfois incohérent. Peut-être qu'il ne ment pas quand il raconte sa version du meurtre de ses parents.

Il avait toujours soupçonné John Ricky, l'homme qui l'avait élevé, d'avoir tué la femme dont il était amoureux. Peut-être qu'elle n'était pas bonne pour les affaires du fils, peut-être qu'elle était en train de détruire le business, en tout cas elle n'était jamais revenue, ce soir d'orage, de chez ses parents. Et John, avec ses pattes énormes, avait pu l'étrangler après s'être disputé avec elle. Seulement Rod n'en avait jamais eu la certitude et c'est vrai qu'il avait peu à peu oublié toute l'histoire dans les vapeurs d'alcool et les effluves de hasch et d'amphétamines qu'il prenait comme la plupart de ses copains.

Et puis il était allé fouiller dans leurs papiers à Gingin, sans leur dire, lors de son deuxième passage. Il avait brûlé et saccagé certains de leurs meubles, toujours cette histoire de rancœurs, de frustration, ce sentiment d'infériorité. Le comportement de ses parents, en tout cas ce qu'on en savait, ne pouvait pourtant pas expliquer tout ce ressentiment. Et puis Rod avait trouvé la chaussure verte de Meg et il était devenu enragé. Il était venu chez eux pour leur demander de s'expliquer. Cela s'était passé à Noël dans la maison de Preston Point Road alors que les villas voisines, la mienne et celle de Clive, étaient inoccupées. Personne n'avait rien entendu. Le cadet des Stadler était avec lui et Rod affirme que c'est lui qui a commencé à taper. Il a dit que son père ne s'était pas beaucoup défendu. Son cœur fragile avait lâché, l'autopsie l'a confirmé. Mais Kevin l'avait bien frappé à la tête avec la batte de cricket que John gardait chez lui en souvenir de sa jeunesse. La batte avec laquelle son fils jouait lui aussi quand il était au collège.

Après, ils avaient étranglé Nicole et là-dessus Rod restait muet. Colère ? Aveuglement dû à l'alcool ou aux drogues ? Combien de grammes d'alcool dans le sang faut-il pour tuer une femme en oubliant qu'elle est votre propre mère ? Et pour l'enterrer finalement sous le garage, couler le ciment et organiser un barbecue avec ses amis ? C'est la version de Rod. Elle paraît vraisemblable.

A moins qu'il n'ait aussi tué Meg qui l'avait trahi. A moins que ses parents ne l'aient aidé à cacher le corps de la blonde pour qu'il échappe à la justice. A moins que, à moins que… Sa version est à ce jour la plus plausible. Plausible et mystérieuse comme cette affaire criminelle le restera probablement.

XXXV

CONVERSATION *OFF THE RECORD*

— Es-tu sûr de m'avoir tout dit ?

— Pourquoi tu me demandes ça ?

— Parce que j'ai toujours pensé que toi et ton copain Dough vous m'aviez caché la vérité.

— Tu trouves que Dough a une tête à mentir ?

— Je ne trouve rien du tout mais reconnais, Dale, que c'est difficile de vous croire tous les deux puisqu'au début, dès la première fois que je suis venu à Gingin, un peu par hasard, vous m'avez raconté des salades et qu'après il a fallu vous tirer les vers du nez. Je ne saurai jamais si je peux vous faire confiance.

— Et c'est pour ça, Ashe, que t'es encore revenu dans ce bled ?

— Non, ce n'est pas pour ça. Je me baladais, comme la première fois. Je suis allé aux Pinnacles, c'est un endroit parfait pour méditer. Ces alignements de pierres levées, comme des menhirs, on dirait une nécropole de fantômes. Il n'y a jamais personne, il n'y a que le silence qui vous tombe dessus. Comme si l'air était toujours plus lourd là-bas. Même en ce moment, en juin, en hiver, sans la chaleur, c'est pareil. Tu connais les Pinnacles ?

— Qu'est-ce que tu crois ? Que je suis resté toute ma vie dans ce trou. C'est vrai que lorsque je quitte le village, quand on va se balader avec Dough, on se pointe plutôt à Perth ou sur la côte est. Ça nous arrive même de prendre l'avion qu'est-ce que tu crois…

— Comment il a perdu ses bras, Dough ?

— Il ne les a pas perdus, il n'en a jamais eu. La thalidomide…

— Excuse-moi.

— Tu n'as pas à t'excuser, on est comme ça, c'est tout. Moi c'est une maladie génétique qui m'a laissé la peau sans pigments et qui me donne cet air chétif. Mais malgré mes pattes fines je ne suis pas si fragile que ça.

— Je m'en doute. Vous avez dû bien vous castagner avec les Stadler.

— Ça m'est arrivé de me castagner, mais jamais avec eux. Ceux-là ils nous ont toujours fait peur. Ils étaient capables du pire, jamais du meilleur. Et qu'est-ce que ça t'a inspiré les Pinnacles ?

— Tu as lu les journaux ?

— Comme tout le monde. Si tu me demandes si j'ai suivi les événements de Perth, la réponse est oui, bien sûr. Mais toi, Ashe, ça continue à te turlupiner.

— C'est vrai. Je ne suis pas enchanté de la solution qui arrange tout le monde. On colle tout sur le dos de Rod Ricky. Je ne l'aimais pas, ça non, mais ce n'est pas une raison pour lui faire endosser tous les crimes. C'est un pauvre type.

— Ça arrange aussi ton copain le flic, le commissaire Cattrioni…

— Ange ? Il a beaucoup d'autres chats à fouetter. Maintenant c'est à la justice de faire son travail. Le cas de Rod, c'est une poussière dans tout le désert australien. Un détail pour la police d'Australie-Occidentale. Mais c'est vrai que ça ne me satisfait pas tout à fait.

— Alors tu reviens nous voir, tu fais semblant d'être copain-copain. Tu fais ton boulot.

— Tu penses ce que tu veux. Et toi, c'est un hasard si tu m'as rejoint ici en moins de dix minutes ? Cette fois je n'ai rien demandé quand je suis arrivé dans le bistrot. La seule différence avec les autres fois, c'est que je ne me suis pas assis sur la terrasse parce qu'on est déjà presque en hiver. Voilà. Je me suis assis à l'abri sans que personne ne me voie et dix minutes après tu étais là, comme si tu m'attendais. Tu m'attendais, Dale, c'est ça ?

— Je me doutais que tu reviendrais. C'est marrant parce que je te connais à peine, je ne sais presque rien de toi, j'ai l'impression que tu travailles main dans la main avec Cattrioni. Et pourtant j'ai envie de te raconter.

— Peut-être que je ne vous ai jamais trahis, toi et ton inséparable Dough.

— Dough ne sait rien de ce que j'ai envie de dire. C'est un copain, c'est vrai, mais ça m'arrangeait que tu penses qu'on était toujours ensemble. Mais Dough ne sait pas tout.

— C'est-à-dire ? Qu'est-ce que tu sais ?

— Tu veux me balancer à tes copains flics ? Et je vais avoir des embrouilles avec les enquêteurs, la justice, tout ça. Ils voudront que je témoigne et j'en aurais pour des mois d'emmerdements. Merci bien.

— Ecoute Dale, je ne suis pas venu pour ça. Moi non plus je ne raconte pas tout à mon pote Ange. De toute façon, les types qui sont en prison vont y rester. Ils ont commis assez de crimes comme ça pour qu'ils n'en sortent pas avant très, très longtemps. On sera morts avant que Lee Stadler soit de nouveau dehors. Mais je ne veux pas que tu aies des emmerdes. Après tout, c'est grâce à toi et à Dough que j'ai commencé à comprendre. C'est en fouillant ici, avec les éléments que tu m'as donnés – au compte-gouttes c'est vrai –, que j'ai plongé dans le passé des Ricky et établi le lien avec les Stadler et les bikers. On n'a pas pu empêcher les drames mais tu nous as beaucoup aidés. Je ne veux pas te fourrer dans les ennuis. Non, c'est juste personnel. J'ai simplement envie de connaître la vérité.

— Tu ne le diras ni à Ange ni à Clive ?

— Tu connais Clive aussi ?

— Je connais un peu ta vie, je me renseigne…

— T'es gonflé. Mais je te jure que je ne dirai rien. A personne. Alors ?

— Croix de bois, croix de fer… ?

— Oh, tu m'emmerdes. Ecoute je ne suis pas venu pour ça. Je n'avais même pas prévu de passer. Et puis quand j'ai longé le village, sur la route, je me suis dit que c'était trop bête. J'avais simplement envie de respirer l'air de Gingin, il a de drôles de vertus. Mais ne me fais pas chier, je n'ai rien demandé.

— Si je te dis, Ashe, que je sais qui a tué la grosse Meg…

— Tu me le dis si tu veux. Si tu le fais je penserai juste que j'avais raison de te faire confiance, finalement. Sauf si c'est toi qui l'as tuée. C'est toi, c'est ça ?

— Non rassure-toi. C'est Kevin Stadler.

— Et comment tu le sais ?

— Voici comment ça s'est passé. Quand tu es venu je ne t'ai pas montré ma maison. Elle est derrière celle des Ricky, celle qu'ils ont abandonnée. Cachée par elle, bref c'étaient mes voisins. Je ne suis pas curieux de nature mais quand quelque chose me tombe sous les yeux je regarde. Ce soir-là, c'était un soir d'orage et ici quand ça dégringole, ça dégringole bien. La nuit était à peine tombée, on voyait encore un peu. J'étais sur ma terrasse, je regardais la pluie et j'ai vu arriver la grosse Meg. Mais avant qu'elle ait pu sonner à leur porte, alors qu'elle s'abritait un instant sous leur balcon, une ombre a surgi. J'ai assez vite compris qu'ils se disputaient. L'autre l'a frappée, elle est tombée et le type s'est acharné sur elle. Mais je ne savais pas encore qui c'était. C'est bien après que j'ai reconnu Kevin Stadler à la lueur des éclairs, quand il est parti.

— Et il a laissé le corps…

— Il a passé un long moment dans la remise, je crois qu'il l'a cachée mais je n'ai jamais osé aller voir et je n'ai jamais raconté l'histoire à personne.

— Et les Ricky ne se sont aperçus de rien ?

— Non, ils devaient regarder la télé et ils sont partis très tôt, le lendemain. C'était un jeudi. Ils allaient toujours s'approvisionner à Perth ce jour-là, tout le monde le savait.

— Et qui l'a enterrée ?

— Lui, Kevin. Il est revenu le lendemain aux aurores, après leur départ. Je ne l'ai pas vu faire mais je l'ai vu passer. Je n'en savais pas plus jusqu'à ce que les flics découvrent le corps sous la maison, en janvier dernier. Kevin a sûrement profité de leur absence et ensuite laissé croire à Rod que ses parents avaient tué Meg. Peut-être que les deux vieux savaient finalement et qu'ils ont voulu le dénoncer. C'est sans doute pour ça qu'il s'est acharné sur eux. Voilà ce que je sais. Je n'en suis pas très fier. Maintenant tu peux aller raconter tout ça à ton copain Ange…

— C'est sûr que tu aurais des emmerdes. Non-assistance, non-dénonciation de crime. Tu pourrais même faire de la prison.

— Tu vas m'y envoyer ?

— Non, je n'ai aucune raison et cela ne ferait pas avancer l'enquête. Kevin est mort. Mais au moins je sais le fin mot de l'histoire.

— Alors n'en parlons plus. Et reprends une bière.

TABLE

BABEL NOIR

Extrait du Catalogue

32. SERGE QUADRUPPANI
Colchiques dans les prés

33. KJELL ERIKSSON
Le Cercueil de pierre

34. PETER MAY
Jeux mortels à Pékin

35. LUIS ALFREDO GARCIA-ROZA
Bon anniversaire, Gabriel !

36. JULIA LATYNINA
La Chasse au renne de Sibérie

37. STIEG LARSSON
Millénium I – Les hommes qui n'aimaient pas les femmes

38. CARLOS SALEM
Aller simple

39. JÓN HALLUR STEFÁNSSON
Brouillages

40. KJELL ERIKSSON
La terre peut bien se fissurer

COÉDITION ACTES SUD – LEMÉAC

Achevé d'imprimer en octobre 2010 par Normandie Roto Impression s.a.s., 61250 Lonrai sur papier fabriqué à partir de bois provenant de forêts gérées durablement (www.fsc.org) pour le compte d'ACTES SUD, Le Méjan, Place Nina-Berberova, 13200 Arles.
Dépôt légal 1re édition : novembre 2010.
N° impr. : 103713
(Imprimé en France)